# La desconocida

**Rosa Montero** nació en Madrid y estudió Periodismo y Psicología. Ha publicado las novelas *Crónica del desamor* (1979), *La función Delta* (1981), *Te trataré como a una reina* (1983), *Amado amo* (1988), *Temblor* (1990), *Bella y oscura* (1993), *La hija del caníbal* (1997, Premio Primavera de Novela), *El corazón del Tártaro* (2001), *La loca de la casa* (2003, premios Qué Leer, Grinzane Cavour y Roman Primeur), *Historia del Rey Transparente* (2005, premios Qué Leer y Mandarache), *Instrucciones para salvar el mundo* (2008, Premio de los Lectores del Festival de Literaturas Europeas de Cognac, Francia), *Lágrimas en la lluvia* (2011), *Lágrimas en la lluvia. Cómic* (2011, Premio al Mejor Cómic en el Salón Internacional del Cómic de Barcelona), *La ridícula idea de no volver a verte* (2013, Premio de la Crítica de Madrid), *El peso del corazón* (2015), *La carne* (2016), *Los tiempos del odio* (2018), *La buena suerte* (2020) y *El peligro de estar cuerda* (2022). También ha publicado el libro de relatos *Amantes y enemigos* (1998, Premio Círculo de Críticos de Chile), y dos ensayos biográficos: *Historias de mujeres* —reeditado en edición ilustrada, revisada y ampliada con el título de *Nosotras. Historias de mujeres y algo más* (2018)— y *Pasiones* (2000), así como cuentos para niños, recopilaciones de entrevistas y artículos, y *Escribe con Rosa Montero* (2017). Desde 1976 colabora en *El País*, en el que fue redactora jefa del suplemento dominical durante 1980-1981. Además de los mencionados, ha sido galardonada con el Premio Nacional de Periodismo (1981), el Premio Nacional de las Letras Españolas (2017), los premios Leyenda de la Asociación de Librerías de Madrid y Ciudad de Alcalá de las Artes y las Letras (2019), el Premio Cedro (2020) y la Medalla de Oro al Mérito en las Bellas Artes (2022). Es doctora *honoris causa* por la Universidad de Puerto Rico y su obra está traducida a más de veinte idiomas.

**Olivier Truc** nació en Dax (Francia) en 1964. Trabaja como periodista para *Le Monde* y fue corresponsal para los países bálticos y escandinavos, prestando especial interés a temas sociales y a las minorías. Ha producido documentales de televisión y ha publicado dos libros de reportajes. Es autor de obras como *L'imposteur* y *Le cartographe des Indes boréales*, y de la serie de novelas protagonizada por la policía especial de los renos formada por *El último lapón* (ganadora de los premios Quais du Polar, Mystère de la Critique y Michel-Lebrun 2013), *El estrecho del Lobo* (2015), *La Montagne rouge* y *Les chiens de Pasvik*. *La desconocida*, escrita junto a Rosa Montero, es su última novela.

Biblioteca

# ROSA MONTERO
# OLIVIER TRUC

## La desconocida

Traducción de
**Juan Carlos Durán Romero**

DEBOLS!LLO

Papel certificado por el Forest Stewardship Council®

Penguin
Random House
Grupo Editorial

Título de la edición en francés: *L'inconnue du port*

Primera edición en Debolsillo: mayo de 2024

© 2023, Points
© 2023, 2024, Penguin Random House Grupo Editorial, S.A.U.
Travessera de Gràcia, 47-49. 08021 Barcelona
© 2023, Juan Carlos Durán Romero, por la traducción de los capítulos 2, 4, 6 y 8 y epílogo
Diseño de la cubierta: Penguin Random House Grupo Editorial
Imagen de la cubierta: © Meredith Adelaide

*Printed in Spain* – Impreso en España

ISBN: 978-84-663-7483-5
Depósito legal: B-4.572-2024

Compuesto en MT Color & Diseño, S.L.
Impreso en Black Print CPI Ibérica
Sant Andreu de la Barca (Barcelona)

P 3 7 4 8 3 5

## 1. La llamaremos María

La secuencia de los acontecimientos es así: Ferran, sesenta y cuatro años, guardia nocturno en el puerto de Barcelona, lleva una temporada perseguido por lo que él llama malos pensamientos: cree que va a sucederle una desgracia. Sólo le falta un año para jubilarse, está muy viejo para este trabajo, en las sombras le parece ver merodeadores. En suma, por las noches pasa miedo. Un amigo mosso d'esquadra le recomendó que cogiera alguno de los perros policía que son entregados en adopción cuando envejecen. Por eso está aquí Julieta, una pastora alemana de diez años, haciendo la ronda con él. Y, aunque es un animal de rescate, de los que buscan cuerpos en los derrumbes, le han dicho que en su juventud también fue de defensa, así que Ferran se siente más acompañado. Sobre todo ahora que está recorriendo una de las partes más siniestras de la terminal de contenedores, una zona periférica y oscura que no le gusta nada, así que aprieta el paso. Pero la perra clava las patas en el suelo y no se mueve. Qué extraño: es un animal siempre muy obediente y muy tranquilo, y ahora está olfateando con desesperación un contenedor, da vueltas sobre sí misma cada vez más nerviosa, araña el metal con las patas, incluso ladra y gime. Estás vieja, estás tonta, perra estúpida, le dice. Y luego piensa: ¿y si no es estúpida? Con ansiedad creciente, el miedoso Ferran da la voz de alarma, proporciona las cuatro letras y los siete dígitos del código del contenedor, espera durante dos horas infernales hasta que llegan los mossos y un par de empleados del puerto. Se lo han tomado todos muy en serio porque no han encontrado el número del contenedor en los registros, lo que significa que no ha entrado oficialmente en la terminal; porque el propietario (que, según las tres primeras letras del código, es una empresa de Lyon) está ilocalizable, y porque ayer mismo vieron en las noticias ese tráiler de Texas en donde se han asfixiado cincuenta y tres inmigrantes. Fuerzan la cerradura con facilidad y el portón se abre, mostrando no un dantesco nudo de cuerpos agonizantes, como temía Ferran, sino una imagen mucho más serena: la gran caja está por completo vacía, salvo por una persona tumbada de costado y en postura fetal justo en el centro. Es una mujer de piel muy blanca con un vestido negro de tirantes. El pelo, corto, tupido y muy oscuro, deja ver un perfil afilado. Está descalza. Si no te fijas en la cinta adhesiva que le cubre la boca ni en las bridas que le sujetan muñecas y tobillos, se diría que está durmiendo plácidamente, una perla en su concha metálica a la luz aguada del amanecer. Un mosso se inclina sobre ella y dictamina: «Respira». Si el guardia nocturno no fuera un neurótico; si su amigo no le hubiera recomendado adoptar un perro; si no hubieran pasado exactamente por esa esquina de la terminal; si Julieta no hubiera sido una profesional tan excelente; e incluso, por qué no, si los cincuenta y tres inmigrantes no se hubieran asfixiado en Texas el día antes, quizá nunca habrían encontrado a la mujer, o no con la suficiente rapidez. Insensatas constelaciones de coincidencias nos marcan la vida. A nuestra desconocida la llamaremos por ahora María.

Tres días más tarde, María se está mirando en el espejo del cuarto de baño de su habitación en el Hospital Clínic. Está desnuda, pero sólo puede verse hasta medio muslo. Uno setenta de altura, la han medido. Sus cortos y enredados cabellos son un revuelo que le nimba el cráneo. En la sien derecha, una brecha cosida con varios puntos, un hematoma. El ojo correspondiente hinchado, la esclerótica del color de la sangre. A la luz de neón del baño sin ventanas, la mujer concluye que tiene un aspecto lamentable. La piel lívida, marcada aquí y allá con algún otro moretón que ahora está amarilleando. Las ojeras como un luto bajo los párpados. Muy delgada, quizá demasiado. Pero tiene bonitos pechos, hombros anchos, brazos musculados, una estructura atlética. El pubis también con caracolillos, algo más oscuros que en la cabeza, y recortado de manera discreta, ni muy depilado ni muy poco. Pasa un dedo curioso por la línea superior del arreglo y la piel está suave: debió de ser con láser. O con cera. Vuelve a mirarse el rostro, ese ojo color miel (el otro apenas se ve), la nariz y la boca más bien grandes. Es bastante guapa, en realidad, piensa. Y luego experimenta un vértigo, un relámpago de terror y de locura. *Soy* bastante guapa. Jadea, apoyada en el lavabo. No se acuerda de nada. No sabe quién es. Amnesia general transitoria, le han dicho. Y también que debe de tener unos treinta y cinco años.

Escucha que entra alguien en el cuarto y se apresura a ponerse la bata hospitalaria, uno de esos humillantes trapos que se atan por detrás y te dejan semidesnuda. Sale del baño cautelosa y tambaleante, apoyándose en la pared. La encontraron muy deshidratada, magullada, con una conmoción cerebral importante y rastros de escopolamina en sangre. La droga de la sumisión química. Aunque no parece que la hayan asaltado sexualmente. La rescataron justo a tiempo: con el calor que hace no hubiera aguantado muchas horas de sol dentro de esa lata recalentada. Eso le dijo el médico, un neurólogo joven que es quien acaba de llegar y que ahora le está sonriendo tan esperanzado como un perrito alegre. Sólo le falta menear el cuerpo.

—¿Alguna novedad?

María niega con la cabeza. Sabe que se refiere a la amnesia.

—Pero ¿por qué recuerdo cosas absurdas como que existe la depilación brasileña por láser? —pregunta, irritada.

El médico la mira un poco perplejo. Carraspea y contesta:

—Estas amnesias son poco habituales y desconcertantes. Por fortuna tienes intacta la memoria anterógrada, es decir, eres capaz de fijar sin problemas los nuevos recuerdos. Es buena señal, y los resultados de las pruebas también son alentadores. Pensamos que no hay un daño cerebral definitivo. Tus recuerdos están ahí, en algún lado, por ahora no puedes acceder a ellos, pero creemos que te recuperarás más o menos pronto.

María se ha sentado en la cama, cabizbaja. No soporta esta niebla interior, la atronadora mudez de su cabeza. Y tampoco hay indicios a los que agarrarse. En el contenedor, de tamaño estándar, no había nada. Además, los mossos le han dicho que sólo en los tres primeros meses del año han pasado más de novecientos mil contenedores iguales por el puerto de Barcelona, así que parece difícil poder seguirle el rastro. El mismo día que ella fue rescatada, la policía francesa se presentó en Lyon en la sede de la compañía propietaria. DominoMer, se llama la empresa. Allí encontraron unas oficinas modestas con un par de empleados de aspecto aburrido y una secretaria madura y mal teñida. No, el director no estaba en la ciudad, estaba de viaje en Estambul. No, ellos no operaban ese contenedor de Barcelona, porque ellos eran una pequeña empresa familiar que se limitaba a ofrecer contenedores en alquiler a otros operadores o a navieras, explicó la mujer. Y sí, claro que podrían facilitarles los datos relativos a ese alquiler concreto, pero lo guardaba todo el director en la caja fuerte. A los policías les pareció bastante extraño que los archivos estuvieran metidos en una caja fuerte, pero como el director regresaba esa misma noche decidieron esperar. Cuando volvieron a la mañana siguiente, ya no había nada. Nada. Es decir, sí, había sillas tiradas, cajones volcados, latas de refresco a medio beber. No había sido una de esas desapariciones de película en las que, en un abrir y cerrar de ojos, vacían por completo un local, se llevan hasta las bombillas e incluso parece que han sacado brillo al suelo. No. Esto era más bien un basurero. Pero, en efecto, no quedaba ni un papel. Ni un documento. Ni ordenadores ni teléfonos. Tampoco ninguna caja fuerte, por supuesto.

Así que la fuente principal de indagación sigue siendo ella, María. El vestido negro con que la encontraron era de lo más vulgar, de algodón y licra, sin etiquetas, y lo mismo las bragas, única ropa interior que llevaba puesta. Se pasa la lengua por detrás de los dientes: una boca perfecta para su edad, sin caries, sin prótesis, sin un historial odontológico al que recurrir. Se mira las manos: las uñas, sin pintar, cortas y rotas, los dedos con heridas.

—Debiste de luchar —dice el neurólogo, que la está observando.

En la cara interior del antebrazo izquierdo, un poco más arriba de la muñeca, hay un camino de cicatrices antiguas, una línea sinuosa de pequeños círculos arrugados. María pasa el dedo despacio por encima. Ya las había visto antes, pero no quiso preguntar. Esas cicatrices le infunden un extraño temor. No está segura de querer saber lo que significan. El joven médico calla, con prudencia. María se ha dado cuenta de que deja que sea ella quien escoja qué saber. Siente un repentino impulso de afecto y gratitud por el neurólogo y le sonríe. Él sonríe más. En ese momento entra en el cuarto Anna Ripoll, la inspectora de la judicial que lleva el caso, y el pequeño instante de serenidad e intimidad se deshace como una pompa de jabón.

—¿Has estado haciendo los ejercicios? —pregunta a modo de saludo.

El español que María habla tiene un ligero acento de origen indistinguible. Sin embargo, dentro de su malograda cabeza sólo resuena ese idioma. La inspectora le ha hablado en francés y también en inglés, y María domina el primero a la perfección y es capaz de entender y contestar el segundo, pero tiene claro que no son lenguas nativas. Ripoll quiere traer a un experto lingüista capaz de distinguir el origen del acento, pero mientras tanto le ha dado un iPad y le ha pedido que escuche todos los idiomas que pueda y que apunte aquellos que le sean familiares.

—Algo he probado... Italiano no, alemán no, ruso tampoco, ni ucraniano, ni rumano...

—Pues nada, sigue, sigue. Creo que hay como siete mil lenguas en el mundo, o sea, que te queda diversión.

Eso debe de haberlo dicho en plan de broma, pero no tiene gracia. La inspectora Anna Ripoll no es una persona especialmente graciosa. Pertenece al grupo de delitos contra las personas y se ocupa en concreto de la trata. En principio han decidido considerarla como posible víctima de trata, dadas las circunstancias y la escopolamina. Pero María siente que algo falta ahí. Intuye extrañas complejidades, sombras sobre sombras. Ella no sabe quién es, pero le parece que presiente quién no es. Por ejemplo: no trabaja cuidando vacas en una granja. Eso seguro. Y tampoco acaba de verse en el trágico destino de una mujer secuestrada y forzada a prostituirse. ¿O quizá sí? Un desconsuelo atroz le baja por la columna vertebral como un dedo de hielo. Está temblando.

—Venga, tranquila, aquí estás a salvo y dentro de nada te encontrarás del todo bien —dice el médico, poniéndole una mano en el hombro—. Volveré por la tarde, ¿vale? Adiós, inspectora. No me la canses mucho.

—La cuidaré como a una recién nacida.

Otra broma sin gracia. Porque así se siente, recién nacida, inerme, un bebé monstruoso. Los mossos han revisado, sin éxito, todas las denuncias de mujeres desaparecidas. También han dado aviso en la Europol. ¿Habrá alguien que la quiera en el mundo? ¿Alguien que la eche de menos? ¿Alguien a quien ella ame? De nuevo un vértigo venenoso le aprieta las entrañas. Es muy difícil vivir sin poder ser.

—Tengo noticias —dice Anna.

María traga un par de veces saliva y se endereza.

—¿Te acuerdas del papelón que hicieron los franceses con lo del registro de la empresa? Bueno, pues parece que ahora nos ha tocado el poli listo. Resulta que en Lyon hay un inspector que lleva tiempo investigando una red de trata con ramificaciones en Turquía y, por lo que se ve, DominoMer estaba en su punto de mira, aunque eso no lo sabían los polis que fueron hasta allí. Cosas que ocurren. A mí también me ha pasado en alguna ocasión y es desesperante. Total, que él se ha hecho cargo del caso en Francia y quiere venir a verte. Se llama Laurent Fachelle.

Una red de trata. No es lo que María quiere oír. No es lo que quiere recordar.

—Eso son quemaduras de cigarrillo, ya lo sabes, ¿no? —dice la inspectora, y señala la línea sinuosa de pequeñas cicatrices que le recorre el antebrazo y que ella se está acariciando abstraída.

—¿Quemaduras?

—Sí, claro, son inequívocas. Mira el tamaño, y la perfecta redondez. Alguien se tomó su tiempo en quemarte el brazo... ¿No recuerdas nada?

Niega con la cabeza.

—Bueno, también pueden ser autoinfligidas. Las he visto más de una vez en chicas con problemas. Y son en el brazo izquierdo y tú eres diestra...

Qué puede ser peor, se pregunta María. A cuál de todos mis posibles infiernos escogeré volver.

—Por cierto, como estás recuperándote bastante bien físicamente, tendrás que dejar pronto el hospital. Te buscaremos un sitio. He hablado con una ONG de ayuda a las mujeres con la que trabajo de forma habitual.

Tan inerme como una recién nacida. Tan indefensa.

—Tengo miedo. ¿Y si me hacen algo? —musita.

Ripoll la mira con fijeza.

—¿Quiénes? ¿Tienes razones para tener miedo?

—No sé. Ni idea.

María hunde la cabeza entre las manos. La inspectora suspira.

—No te preocupes. No te va a pasar nada. Para que te quedes más tranquila, como el poli listo ha dicho lo de la red de trata, aprovecharé para pedir que te pongan escolta. Tú intenta descansar.

Dos horas después, tumbada sobre las sábanas tras un insípido almuerzo de hospital, María se esfuerza en efecto en descansar un poco. Son las cuatro de la tarde de un tórrido día de verano y una pequeña siesta le vendría muy bien: está agotada. Pero cada vez que cierra los ojos retumba aún más en su cráneo el vacío de lo que no recuerda. Está apretando con desesperación los párpados cuando escucha un pequeño roce y alza la vista: es un enfermero que ha entrado en la habitación y ahora está cerrando la puerta con cuidado.

—Perdona, lamento haberte despertado —dice muy amable mientras se acerca. Lleva puesta una mascarilla quirúrgica y debajo del ojo izquierdo tiene una pequeña marca, un lunar, no, es un tatuaje. Una lágrima tatuada.

Una cegadora certidumbre relampaguea en la cabeza de María: de pronto sabe, sin asomo de duda, que este hombre quiere matarla. A continuación, su cuerpo toma el mando. Su pierna derecha se mueve sola, se dobla y se estira como un resorte, impactando con el talón desnudo en los genitales del tipo. Es una patada improvisada desde una mala posición y no tiene mucha fuerza, pero le hace el suficiente daño como para darle unos segundos a María, que se lanza fuera de la cama, abre la ventana y salta con audacia a una cornisa que queda un metro más abajo y recorre toda la fachada. Avanza ciegamente de espaldas a la pared hasta la siguiente ventana a su derecha, que, por supuesto, está cerrada: hay aire acondicionado en todo el edificio. Entonces María mira al suelo y toma conciencia de donde está. El reborde es estrecho y además inestable, porque la superficie está inclinada. Y se encuentra a cinco pisos de altura. Siente un vahído, se le encogen las tripas, piensa que se va a desmayar, que se va a orinar de puro miedo. ¿Cómo he llegado hasta aquí?, se pregunta, espantada; ¿cómo he sido tan loca como para hacer esto? Ahora advierte el golpe de calor, el aire abrasador y pegajoso que se adhiere a ella. Sus pies, descalzos y sudados, resbalan por el saledizo. Los dedos se le arquean como garras, intentando aferrarse al hormigón. Escucha su propio jadeo, atronador. Pero no es ella sola quien jadea. Gira la cabeza hacia la izquierda y ve al hombre. Al asesino. También él ha salido a la cornisa y está muy cerca. Ya no lleva la mascarilla: puede ver claramente su cara de furia, un rostro que no le recuerda a nadie, que no le dice nada, que sólo da pavor. En la mano, el brillo de un cuchillo. Entonces algo vuelve a tomar el mando en María, es una memoria que no anida en el cerebro sino en los músculos, es una costumbre física, una disciplina. Y el cuerpo de la mujer hace algo asombroso, algo casi imposible: afianza el pie derecho en esa superficie resbaladiza y estrecha, a veinte metros de altura de la muerte, y logra disparar una patada a su enemigo y atinarle en el hueco de la rodilla. Todo es rapidísimo: la pierna del hombre se dobla, los brazos se agitan en el aire como alas inútiles. No exhala ni un grito. El ruido de los huesos al quebrarse cuando el cuerpo choca contra el suelo es estremecedor.

María se lo queda mirando, ese hombre roto y desencajado ahí abajo, mientras la gente chilla y se arremolina y la señala, y alguien asoma por la ventana de su habitación y dice algo, pero ella está aturdida, no sabe, no entiende, lo único que hace es pegarse lo más posible al edificio, evitar el vacío. La ventana en la que está, aunque cerrada, le da el consuelo de un pequeño repecho. Nota el frescor del cristal en su espalda desnuda a través de la abertura de la bata. Tiene los pies mojados y por un instante cree que, en efecto, se ha orinado, pero los mira y es sangre. En ese momento unas manos la agarran por detrás y la meten dentro.

La inspectora Anna Ripoll puede que sea brusca y poco graciosa, pero sin duda es una mujer comprometida con su trabajo. Aunque ya son las once de la noche, acaba de llegar al Clínico para hablar con María.

—El muerto era un delincuente conocido, un tipo peligroso. Ricardo Solé. Treinta y siete años, veinte de ellos entrando y saliendo de la cárcel. Lo llamaban Rajitas, porque su especialidad eran las armas blancas —dice Anna, enseñándole una foto.

—No me suena de nada.

—No creo que lo conocieras. Ha debido de ser un contrato local. Alguien circunstancial. Lo que me resulta curioso es que sospecharas de él tan rápido...

María se encoge de hombros. Está cansada, se siente enferma. Tiene ganas de vomitar.

—Debió de ser por esto —dice la inspectora, señalando la lágrima en la foto del asesino—. Es un tatuaje carcelario. Lo llevan para indicar que tienen delitos de sangre. Es un aviso y un orgullo. Pero ¿cómo sabías tú eso?

—No lo sabía. No lo sé.

—Ya —dice Ripoll, pensativa. Y luego añade—: Alicia Garone.

—¿Cómo?

—Alicia Garone.

—¿Quién es?

—¿No te suena? Eres tú.

María se queda sin aliento. Abre la boca, pero no le sale ni un sonido. Alicia Garone, repite mentalmente. El nombre rueda por su cabeza sin despertar ecos. La inspectora le tiende otras tres fotos de distintos tamaños. Son de ella; una borrosa y sonriendo, recortada de una foto mayor. Otra pequeña, seria y de frente, quizá para un pasaporte. La tercera es la fotocopia del carnet de un gimnasio de Lyon. Ahí está su retrato, el nombre, una dirección: 19, rue du Chariot. En todas tiene el pelo largo, una melena oscura que le roza los hombros.

—Solé llevaba consigo el mando de un Seat y hemos encontrado el coche en la calle de atrás. Y en su interior estaban estas fotos. Supongo que se las dieron para que pudiera reconocerte.

—Alicia Garone, 19, rue du Chariot... —repite ella, mesmerizada—. No me dice nada.

—No importa —dice Ripoll quitándole las fotos de las manos—. Los franceses están yendo a investigar la dirección. Pronto sabremos algo más.

Luego la observa con cierta desconfianza.

—Te defendiste muy bien.

—Tuve suerte.

—Y no gritaste. Eso es raro.

—No podía perder tiempo.

—Ya... Bueno, no volverá a pasar. Tienes a los mossos en la puerta para protegerte. O para protegernos a nosotros de ti... Buenas noches, Alicia.

Pero Alicia no se siente Alicia, así que vamos a seguir llamándola María. Se tumba en la cama, acongojada. Le duele la pantorrilla: el matón la rajó cuando le dio la patada y han tenido que ponerle varios puntos. Pero le duelen más la cabeza y el ánimo. ¿Quién es ella? ¿Cómo sabe hacer lo que hace? ¿Cómo ha sido capaz de matar a ese hombre? Porque lo ha matado. ¿Cómo adivinó que venía a por ella? ¿Y cómo sabía que había una cornisa bajo la ventana, cuándo se había fijado? ¿Qué conocimientos guardan las células de su cuerpo que ella aún ignora? Alicia Garone, 19, rue du Chariot. Lo que daría por poder ver esa casa, por saber qué hay allí: ojalá los franceses no tarden en ir. ¿Cómo se llamaba el policía nuevo? Laurent Fachelle. En un súbito impulso, María coge el iPad y googlea el nombre. Le cuesta un buen rato encontrar una única foto: el inspector Laurent Fachelle recibiendo una condecoración. Probablemente en la treintena, pelo rubio oscuro, ojos demasiado juntos. Siente una repentina, brusca animadversión hacia él. ¿Por qué? ¿Acaso le parece altivo, prepotente? ¿O es la muda sabiduría de su cuerpo advirtiéndole de algo?

## 2. DominoMer

—¡Zapori! ¡A mi despacho!

El inspector Erik Zapori oye perfectamente el bramido del comisario Vortard. Levanta el índice, se lo lleva a la oreja, en un gesto destinado a Gignac, su vecino, para indicarle que esté atento. Escucha el esperado acceso de tos de Vortard, como cada vez que lanza uno de aquellos bramidos. Morirá joven.

Zapori, de pie ante su mesa, sonríe a su compañero. Pero, en lugar de atravesar la sala de la brigada de represión del proxenetismo de la policía judicial de Lyon, se vuelve a sentar de manera ostensible. No se esfuerza en parecer ocupado ni intenta siquiera ordenar todo lo que tiene por encima de su mesa: viejos vasos de café de cartón, informes apilados de cualquier manera, lápices mordisqueados y su famoso cenicero, que permanece medio lleno —cuando hace dos años que ha dejado de fumar— sólo para dar por saco. Con aquellos que se ofrecen a vaciarlo se excusa diciendo que le ayuda a no volver a caer, cosa que es falsa. Es por dar por saco.

—Coño, Zapo, qué imbécil eres —exclama Gignac—. Estás jugando con fuego. Vortard te va a joder aún más.

—¿De verdad crees que ese comisario de mierda puede hundirme más de lo que ya estoy? —Oyen otro ataque de tos. Vortard debe de haber tomado aire demasiado fuerte antes de volver a llamarle—. Bueno, voy. Si no, eres capaz de echarme la culpa de su muerte.

Se levanta, coge uno de los vasos de cartón y hace una bola con él. Atraviesa la sala hacia el cubículo acristalado de Vortard. A la altura del último despacho, lanza el vaso a la papelera de Fachelle, un novato que le pone de mal humor casi desde el primer día. Falla adrede.

—Eh, Falafel, tienes algo tirado por el suelo, el jefe se va a enfadar.

El inspector Laurent Fachelle, un tipo alto siempre encorbatado y con el cabello falsamente revuelto, para quien actuar según las reglas es una obligación, lo fulmina con la mirada, pero no se atreve a protestar, tal y como esperaba Zapori.

—Y bien, mi querido Falafel, ¿en qué andas trabajando? ¿Alguna viejecita que se prostituye para dar de comer a sus gatos?

Le arranca un folio de las manos a su víctima de turno.

—Registro en la sede de DominoMer, el director señor Fulanito está en Estambul y...

Fachelle se levanta para recuperar el folio, pero Zapori se aleja de un salto y continúa leyendo en voz alta.

—Solicitud de cooperación judicial de la policía de Barcelona en el caso del hallazgo de una joven en un contenedor matriculado en Lyon. Espera Falafel, no te cabrees, tengo que revisar la ortografía, las letras son importantes cuando se habla con una dama, aunque sea en un contenedor.

El joven inspector acaba alcanzándolo justo delante de la puerta del comisario. Zapori deja caer la hoja al suelo y, sin mirarle, entra en el despacho y cierra la puerta.

Se sienta enfrente de Vortard, que suelta su vaso de agua.

—Zapori, eres un auténtico imbécil.

—Es un placer estar a su servicio, comisario. Y, si me permite, un comisario que mantiene a un imbécil bajo sus órdenes, es porque él mismo debe de ser un poco...

—¡Cállate, Zapori! Estás jodiendo a todo el mundo y nos estás metiendo en un marrón con esta denuncia de mierda, que daña la imagen de todo el departamento.

—No se la irá a creer usted también.

Vortard coge un informe de su mesa y lo levanta como para calcular su peso.

—Ya sabes lo que quiere decir esto, Zapori...

El inspector asiente con la cabeza.

—Que nuestros queridos amigos de asuntos internos han olido sangre...

—Exacto. ¿Y sabes de qué te están acusando?

Vortard abre el informe. Ese cabrón está pasándoselo en grande.

—«Corrupción», «delito de proxenetismo con agravantes», «violación del secreto profesional», «ayuda a residente ilegal» y, lo olvidaba, «asociación de malhechores». Nada mal para un inspector de antivicio de la moral.

—Es todo falso, un montaje.

—Si es un montaje, los tipos se lo han currado para involucrarte, porque es muy convincente. De hecho, los de asuntos internos llegan mañana desde Marsella. Me ha avisado un colega. Vas a pasar un mal rato.

Zapori se queda callado. Joder. ¡Joder! ¡Panda de hijos de puta! Esto está yendo demasiado deprisa. Tiene que ganar tiempo. Encontrar algo para poder librarse. Vortard no deja de mirarle. Y la mirada de Vortard le pone de los nervios, como si estuviera esperando a que Zapori caiga como fruta madura.

—¡Fachelle, el español!

Zapori acaba de levantarse, como si hubiera tenido una revelación.

—¿Y ahora qué pasa, Zapori?

—La petición de cooperación de Barcelona, hace falta un tío que hable español. Fachelle sólo vale para pedir tapas en sus bares de lujo. Encima es un inútil. Y además…

—Y además eso te permitiría largarte inmediatamente, antes de que lleguen los de asuntos internos.

—Y arruinen su reputación, comisario. Lo hago pensando en usted...

—Fachelle ya ha empezado a investigar. Se presentó en DominoMer, pero el dueño estaba en Estambul. Se supone que volvía esa misma noche y, cuando Fachelle regresó al día siguiente, se lo encontró todo vacío. Nada de nada. Limpio. Ni empleados, ni ordenadores, ni archivos, vacío.

—Ya se lo decía —insistió Zapori—. Fachelle es un inútil y además ni siquiera habla español.

Ahora es Vortard el que guarda silencio. Si el comisario empieza a pensar, es que está en el bote, lo conoce bien.

—¡Fachelle!

A la nueva llamada del comisario le sigue el ataque de tos.

Fachelle entra.

—¿Hablas español, Fachelle?

La cara de idiota de Falafel. Y, después, algo frío en su mirada. Furtivo. Pero que no pega demasiado con su personaje. Algo que a Zapori no se le escapa.

—No, señor comisario.

—Pues deja el informe de la española en la bandeja de Zapori.

—Pero ya tengo el billete, señor; además, el asunto ha dado otro giro con la tentativa de asesinato que ha sufrido en el hospital, y ya tengo mi acreditación sellada por los españoles, y...

—Y vamos a cambiar todo eso enseguida.

El comisario hace un gesto con la mano.

Fachelle fulmina a Zapori con su mirada pretenciosa, pero hay algo que le impide protestar. Detrás de sus aires de grandeza, ese tío con sus mocasines de trescientos euros es un gallina.

Cuando sale Fachelle, Vortard se levanta y se acerca a Zapori, pegando su nariz a la de él.

—Ahora escúchame bien, poli de mierda, te estás jugando el futuro en este asunto, ¿entiendes? Vas a librarte de asuntos internos durante un rato. Y, mira, tampoco me vendría mal que desaparecieras de repente en Barcelona.


Zapori sale sin desviar la vista hacia Fachelle, pero nota cómo lo mira. Seguro que acaba de ganarse un enemigo para el resto de sus días, aunque a Zapori eso le trae sin cuidado. Su carrera y su honor están en juego con esa mierda de denuncia que ha presentado una vieja soplona. No ha conseguido volver a hablar con ella para saber qué es lo que ha pasado. Por qué Cécile le ha metido en ese marrón. Por qué ha mentido la zorra esa. Tan bien lo ha hecho que todo el mundo se ha tragado su historia. Es más creíble una prostituta que un poli...

Los de asuntos internos llegan al día siguiente a la hora de comer para hurgar en su vida. Que se jodan. ¡Que vayan a buscarle a Barcelona! Reserva un billete para el mismo día de su llegada —eso les va a cabrear aún más— y lía inmediatamente a Gignac para presentarse en las oficinas de DominoMer, que Fachelle se ha encontrado vacías. La empresa se halla detrás del Instituto Lumière. ¿Cómo ha podido el idiota de Fachelle creerse el cuento de la caja fuerte? ¿El registro del alquiler de un contenedor en una caja fuerte? ¿Y cómo se las apañan los empleados cuando el jefe no está? ¿Para qué están ahí? Sólo eso tendría que haberle olido raro. ¡Y esa chavala medio muerta y amnésica en Barcelona que ha sido capaz de dejar KO a un asesino!

Zapori y Gignac recorren los despachos vacíos. El informe que le ha quitado a Fachelle habla de marcas de cigarrillo. Zapori empieza a husmear el aire de cada estancia. Una estupidez, por supuesto, pero es su forma de hacerse con un lugar, resoplando, como un buen perro policía. Gignac está acostumbrado y no le molesta. De todas formas, todo parece limpio. Gignac se fija en una lata de refresco vacía, que alza metiendo un lápiz por la abertura.

—¿ADN?

Zapori no responde. Husmea el aire. Huele a tabaco, cosa que no quiere decir nada. La española vive quizá en Lyon, pero ha llegado a Barcelona en un contenedor de procedencia desconocida. ¿Acaso el olor del cigarrillo podría ayudar a distinguir el puerto de procedencia? Sigue soñando, Zapori.

—Oye, por cierto, ¿sabías que Falafel investigaba una red de traficantes que trabaja con Turquía? ¿Y que por lo visto estaba interesado en DominoMer?

—Primera noticia —contesta Gignac, dejando cuidadosamente la lata en el suelo—. En todo caso no estaba en el informe, y ese idiota tampoco me lo comentó. ¿Cómo lo sabes?

—He llamado a Barcelona para avisar del cambio de casting, se ha puesto una poli española, Anna no sé cuántos, me lo ha contado ella, estaba en el requerimiento enviado por Falafel. He quedado como un idiota, y eso no me gusta nada. Qué raro en un empollón como Falafel, ¿no? Bueno, larguémonos de aquí. Barcelona ha encontrado en el coche del asesino un carnet de gimnasio con la dirección de ella.

Un cuarto de hora más tarde, se detienen delante del número 19 de la rue du Chariot.

—Vamos a necesitar autorización judicial para...

Zapori ya está trajinando con la cerradura. Se vuelve hacia Gignac.

—Te ocupas tú de eso cuando yo esté en Barcelona, ¿verdad?

—Joder, Zapori, ¿tienes a los de asuntos internos en el cogote y te sigues comportando como un idiota? Y de paso me metes a mí en el mismo marrón.

—Oye, Gignac, ¿te me vas a poner a llorar? Y, además, no habrás creído tú también todas las gilipolleces de la denuncia de la zorra esa.

—Zapo, el comisario tiene razón, eres un tocapelotas. Te pones tú solito con la mierda al cuello con tu estúpida forma de actuar.

—Cállate la boca, Gignac.

—Cállate tú.

Los dos policías se adentran en el piso de Alicia. Comprueban que ha sido registrado de arriba abajo. La chica del contenedor esconde algo. O, en todo caso, posee algo que era valioso para alguien. La cerradura no ha sido forzada. Quien haya realizado el registro tiene la llave o es un profesional. Encaja quizá con el perfil del asesino de Barcelona, Rajitas.

—Una vez hayas hablado con el juez, tomas las huellas de aquí y las comparas con las del asesino de Barcelona. —Zapori se queda un momento en silencio—. Hay algo que no me encaja. A esa tía la encuentran atada y golpeada dentro de un contenedor. Está claro que no la habían puesto allí para que sobreviviese. Entonces, ¿por qué no la mataron directamente? Alguien se ha esforzado mucho en hacer sufrir a esa chica, en escenificar su agonía y, con ello, enviar un mensaje a alguien. ¿A quién?

—A los propietarios de DominoMer. Parece lógico, ¿no? —dice Gignac—. Los tipos que lo hicieron sabían que por supuesto íbamos a empezar por buscar a los propietarios del contenedor. Y, si los tipos de DominoMer han echado a volar, es que tenían algo que ocultar.

—Pero ¿qué? ¿Su implicación en el tráfico de prostitutas? Eso no explica qué pintaba esa chica junto a esa gente. Y, joder, ¿por qué no está muerta?

—Quizá no debía morir. Quizá alguien tenía que recuperar el contenedor con ella dentro para sacarla y hacerla hablar. Mira el estado de su piso, esa sabe algo.

—Olvidas otra cosa. El fallido asesino, ¿tiene algo que ver con los que la metieron en el contenedor?

—Eso no tiene sentido.

Zapori sigue registrando el piso. La chica es deportista, a juzgar por la ropa que hay tirada por todas partes. Lo único que llama la atención es una peluca. Ni una foto personal, nada más que facturas y cartas administrativas a su nombre. Busca un ordenador o un teléfono, un pincho USB, algo. ¡Mierda!

—Esto no es normal, Gignac. No encontrar nada personal no es normal. O bien esa chica se lo ha montado para no tener nada propio en casa porque sabía que estaba siempre en peligro, o los tipos que lo registraron se lo llevaron todo para borrar las huellas de... Pero ¿de qué, joder?

Al salir del piso de Alicia, se dirigen al gimnasio. El dueño, un grandullón con cara de bruto, se cierra en banda cuando le enseñan las placas. Zapori no tiene tiempo que perder. Empotra al dueño y sus tatuajes contra la pared. A su alrededor, unos tipos musculosos con mala pinta empiezan a acercarse lentamente, demasiado lentamente. Gignac desenfunda su arma y su placa, disfruta con este tipo de situaciones.

—Venga, niños, a jugar con las pesas otra vez, y le ponéis veinte kilos más a la salud de la policía judicial de Lyon.

Los tipos dudan, mientras otros clientes recogen sus cosas y salen corriendo a los vestuarios.

Zapori le muestra al dueño la copia del carnet de socio de la chica del contenedor en la que aparecía su foto. El tipo hace un esfuerzo por mirarla. Su cara de bruto se suaviza. Luego se entristece, y finalmente se endurece. Es increíble la velocidad a la que cambia de expresión.

—Venga, ¿nos cuentas? Porque, viendo tu jeta, parece apasionante.

El tipo refunfuña ofendido. Después se pone a hablar.

—Es la Alicia, viene aquí todos los días.

El rostro de aquel bruto se ha relajado, habla incluso con cierta ternura. Hasta los musculitos de detrás, que han oído el nombre de Alicia, susurran entre ellos, la conocen y parecen hablar de ella con respeto. En ese ambiente debe de significar que es una purasangre. De pronto, la cara del dueño se ensombrece, como si acabara de darse cuenta de que tiene enfrente a la policía.

—¿Le ha pasado algo?

—No, está genial. ¿Y bien?

El dueño no le cree, pero a Zapori le da igual y le aprieta la garganta. No debe de ser la primera vez que el tipo recibe la visita de la policía, porque empieza a hablar sin que tenga que insistir.

—No sólo hace gimnasia. Tenemos una sala ahí detrás. Para deportes de contacto. Hay bastantes aficionados en el barrio —dice señalando a los mazados que seguían cerca—. Alicia era una bestia en krav-magá, un deporte de combate que viene...

—Que sí, que sí, lo sabemos, así que Alicia...

—Pues lo que os decía, es una bestia de la lucha, la verdad es que cuando llegó aquí ya tenía un nivel de la hostia.

—¿Cuándo fue eso?

—No sé, hará unos seis meses.

—¿Y le preguntaste dónde había aprendido, si lo usaba en su trabajo?

—De cosas de trabajo no sé nada. A los que vienen aquí, por su condición física, los contratan para ciertos encargos, pero yo prefiero no saber, no sé si entiende lo que quiero decir... Pero lo que sí sé es que ella había practicado otros deportes de lucha antes, desde que era pequeña, creo.

—¿Cómo que crees? ¿Qué sabes de la vida de Alicia?

Ahora el tipo parece incómodo. Mira a los de detrás. Les hace una señal. Se alejan y vuelven a su entrenamiento. Protegido por el ruido de las máquinas, prosigue.

—A veces hablaba de su hermana. Quería que viniera también a entrenar, pero por lo visto nunca tenía tiempo. En todo caso, si queréis saber la verdad, nunca he tenido a nadie más motivado que Alicia. Ya habéis visto a mi clientela, tipos atiborrados de proteínas que se pasan la vida mirándose en el espejo desde que levantan cien kilos. Alicia era distinta. Un día le pregunté, porque me impresionaba. ¿Sabéis lo que me respondió? Que tenía que ver con los tíos. No me dio detalles, ¿eh? Pero parece ser que había empezado corriendo. De adolescente entrenaba como una loca. Me dijo, algo incómoda, que era porque quería correr más deprisa que los chicos, para escapar de ellos. Eso fue lo que me dijo. Quería ser capaz de huir de ellos, en cualquier circunstancia. A mí me parecía que exageraba, pero bueno... En todo caso, lo de los deportes de contacto llegó después. Si fue porque un tío consiguió atraparla, eso no lo sé. Pero todo lo que puedo decir es que, si algún tipo la pilla ahora, va a pasar un mal rato.

Baja la voz.

—Hay uno o dos maromos que lo han sufrido en sus carnes...

Zapori y Gignac vuelven a la comisaría, vacía a esas horas. Zapori se dirige a la mesa de Fachelle. Y comienza a rebuscar.

—Joder, Zapori, ¿ya empiezas otra vez? —exclama Gignac—. Fachelle, o quien sea, puede llegar en cualquier momento; y, además, ¿qué mosca te ha picado?

—Nada, no me ha picado nada, pero ese listillo de Falafel puede haberse olvidado de pasarme una parte del informe sólo para vengarse porque le he birlado el caso. Ya oíste lo que dijo el tipo del gimnasio. Esa chavala no es una de nuestras típicas víctimas de trata de mujeres. Mejor ve a vigilar la entrada, en lugar de hacerte el mojigato, que me estás tocando los huevos con tu moral de pacotilla.

Zapori mira la mesa de Fachelle, bien ordenada, a diferencia de la suya. Un policía modelo, ese Falafel. El tío tiene ambición, en el departamento todo el mundo lo sabe, y además no lo esconde. Se ve en cinco años en el puesto de Vortard, con el objetivo de ser el comisario más joven de Francia. Lo peor es que ese niñato idiota podría conseguirlo, porque la verdad es que no tiene un pelo de tonto y, en cierto modo, su investigación en solitario sobre esa red de tráfico en Turquía demuestra que tiene olfato. Zapori encuentra un último cajón, cerrado con llave. Mira hacia la puerta, donde está vigilando Gignac. Saca su destornillador mágico y, tras unos instantes, consigue abrirlo con un ruido sordo. Gignac vuelve a la sala.

—¡Zapori! Vamos, cabrón, ¡estoy oyendo pasos!

Zapori duda. Hay un arma reglamentaria, dinero, objetos decomisados, nada sospechoso en el cajón de un poli, los suyos eran diez veces peor, y con cosas poco recomendables. Hay algunas carpetas en el fondo.

—¡Hostia, Zapori! ¡Me da igual, me largo! ¡Ya vienen, joder!

Con un gesto seco, Zapori agarra la primera carpeta. Gignac ha ido a sentarse a su mesa y se afana en la lectura de un informe. Los pasos suenan en la entrada. Zapori hojea la carpeta a toda prisa. Siente un nudo en el estómago. ¡Un informe sobre él! Cuando el individuo entra en la sala, Zapori ha tenido tiempo de meter la carpeta en el cajón, pero no de cerrarlo. A diez metros se encuentra Fachelle, visiblemente sorprendido. Su mirada pasa de Gignac a Zapori. Después pasa hacia su escritorio.

—¿Se puede saber qué haces detrás de mi mesa?

Zapori miraba el cajón medio abierto y a Fachelle, que se acerca.

—No estoy detrás de tu mesa, Fachelle, estoy delante del despacho de Vortard, ¡no te pongas paranoico conmigo!

Zapori alza el tono para ganar compostura. El memo ese está a apenas unos metros.

Entonces Zapori se pone a gritar y agitar los brazos.

—¡Y, si alguien tuviera que estar paranoico, ese soy yo!

Sorprendido por la explosión de cólera de Zapori, Fachelle se detiene. Desde donde está no puede ver el cajón abierto.

—¿De qué estás hablando?

Fachelle permanece tranquilo, pero Zapori vuelve a ver el mismo tipo de mirada que en el despacho de Vortard, afilada. Se hace de nuevo el cabreado.

—¡Deja de dar por saco, Fachelle! —grita—. ¿Sabes de qué me he enterado? De que has estado hurgando en solitario sobre una red de tráfico, que sospechabas de DominoMer, ¡y que nadie sabía nada del tema! ¿Y qué cara se me queda a mí, cuando paso a encargarme de tu caso de mierda? ¡Hostia puta! —ha alzado aún más la voz y, para subrayar su rabia, suelta una patada al escritorio de Fachelle. Luego prosigue.

Fachelle avanza un poco más para proteger su mesa.

—Ya vale, Zapori, puedo explicártelo.

Zapori finge calmarse y estar dispuesto a escuchar la explicación de Fachelle. El cajón vuelve a estar cerrado. Si la cerradura se abre fácilmente, podría culparse de ello a las patadas de Zapori.

—No estaba seguro de mis pistas y tengo que confesar que pequé un poco de exceso de celo, es cierto, Zapori. Pero pensaba ponerte al corriente. De hecho…, mira. —Saca de su cartera una carpeta fina y se la acerca a Zapori—. Ya verás, no hay gran cosa. El dueño de DominoMer, Charles Pastorel, servía de buzón para actividades al límite de lo legal. Alquilaba contenedores, pero también podía fletar navíos, autobuses, camiones o simplemente servir de testaferro. La verdad es que el tinglado era bastante burdo.

Zapori permanece en silencio. Fachelle lo tiene arrinconado. Y aquello no le gusta. Ese tipo, que tiene un informe sobre él en su cajón, es frío como una serpiente.

Se dispone a responder, pero ve el gesto de Gignac, detrás, pidiéndole que lo deje. Agarra la carpeta de Fachelle y se va sin decir palabra.

No se da la vuelta cuando Fachelle le dedica un «buen viaje a Barcelona».


La voz de Fachelle deseándole buen viaje resuena todavía en sus oídos cuando Zapori desciende del avión en el aeropuerto de El Prat. Gignac le ha enviado un mensaje. Los de asuntos internos se han pillado un buen cabreo cuando se han enterado de que Zapori, inesperadamente, ha partido a una misión en el extranjero. Vortard ha interpretado su papel, diciendo que Zapori es incontrolable, pero un policía excelente. Fachelle permanece impasible. Zapori responde a Gignac pidiéndole que vaya a ver a Cécile. Debe encontrarla para saber por qué ha presentado la denuncia contra él.

Una hora más tarde entra en el hospital. La inspectora Anna Ripoll lo espera en la recepción, parece molesta y antes incluso de saludarle le reprocha haber llegado tarde. De hecho, ni siquiera lo saluda. Sube a la segunda planta en el ascensor en silencio.

En el pasillo unos policías locales montan guardia. Anna Ripoll señala hacia la puerta con el mentón. Zapori agarra el picaporte. Anna Ripoll posa la mano sobre su muñeca y lo mira con dureza.

—No sé a qué están jugando en Lyon ni por qué está usted aquí y no el otro guapito que había descubierto cosas interesantes, pero le aviso, inspector, de que hasta ahora han metido bastante la pata, y esta chica está en peligro. Y no se le ocurra mover un dedo sin mí, ¿está claro?

Zapori la mira, tan poco amable como ella. Prolonga la confrontación, inmerso en sus pensamientos. Si tú supieses, mi policía españolita, que todo lo que me interesa es permanecer el mayor tiempo posible aquí para que los de los asuntos internos me dejen el paz mientras consigo probar mi inocencia...

—Está claro, inspectora.

Anna Ripoll retira la mano de la muñeca de Zapori, que gira el picaporte y abre la puerta. Frente a él tiene a María, alias Alicia Garone, de pie frente al ventanal abierto.

# 3. Una noche en el Raval

Se escrutan en silencio el uno a la otra durante un tiempo demasiado largo, inadecuado para
los usos sociales. María, consciente de que la falta de memoria la deja indefensa, procura hacer
las cosas con pies de plomo, mirar y remirar antes
de actuar, indagar en la pantalla negra de su cráneo para ver si logra pescar alguna reminiscencia.
En cuanto a Erik Zapori, simplemente le encan-
ta incomodar. Es una de esas personas que prefie-
ren comenzar cualquier relación dejando claro
que son insoportables. Si la gente está desencan-
tada contigo desde el principio, ya no se puede
decepcionar. Fracasar aposta para protegerse del
fracaso.

—Tú no eres él —dice al fin María.

—¿Que yo no soy quién? —contesta él en su
buen español y en tono algo achulado, aunque
sabe a la perfección a quién se refiere ella.

—El otro. El Laurent ese. El policía que estaba estudiando la red de trata.

—Pues no. No soy Laurent. Soy Erik Zapori,
de la brigada de represión del proxenetismo de la
policía judicial de Lyon —dice, recitando de un
tirón—. Me he hecho cargo de tu caso y me temo

que te vas a tener que contentar conmigo, Alicia Garone.

—No creo.

—¿No te vas a contentar?

—No, perdón. Quiero decir que no creo que mi nombre sea Alicia Garone.

—¿Estás recobrando la memoria?

María sacude la cabeza con tristeza.

—No, no. Pero es como si... Como si las palabras tuvieran un color... Y el nombre de Alicia Garone tiene un color de falsedad... Bueno, no sé. Es una intuición.

Erik recuerda el apartamento de Alicia y piensa que aquello también parecía falso. Sin detalles, sin adornos, sin nada que lo personalizara. Vuelven a mirarse en silencio. María está casi segura de que no se conocen. Y de que prefiere a este policía avejentado y antipático antes que a ese Laurent de la foto, que, no sabe por qué razón, le daba mala espina.

Zapori atraviesa a paso lento la habitación para acercarse a María, que está sentada en un sillón junto al ventanal. Tiene un rostro fuerte, obstinado. El ceño fruncido y unos ojos hermosos. Unos ojos que le parecen vagamente familiares.

—Por lo visto hablas muy bien francés.

—Prefiero seguir en español, si no te importa.

Zapori se encoge de hombros, displicente. Echa un vistazo a través de la ventana, abierta quizá para disfrutar de la breve lluvia en el bochorno de julio. Huele a ozono. Un poco más abajo, mojada y oscurecida, se ve la cornisa inverosímil desde la que esta maldita friki pateó y mató a un asesino. ¡Por todos los demonios, si la superficie ni siquiera es horizontal! Haría falta ser un pulpo y tener ventosas para no caerse de ahí. Zapori mira a María, impresionado a su pesar. Con lo frágil que parece, la jodida, dentro de su modesta bata de hospital. ¿Qué había dicho el animal del gimnasio? Krav-magá. La mítica lucha cuerpo a cuerpo que usan las fuerzas de seguridad israelíes. Se supone que es un sistema de combate defensivo, aunque también enseña a dar golpes mortales o capaces de provocar daños permanentes. Analiza los brazos delgados pero musculosos de la desconocida y advierte el pequeño camino de quemaduras en su brazo izquierdo. Son cicatrices antiguas. Pueden tener años. O sea, que no es ahora cuando la han torturado. Color de falsedad. Ja. A ver si quien está mintiendo es ella.

—¿Hablas hebreo?

—¿Yo? No sé. ¿Debería hablarlo?

Esa dicción dulce, ese ligero y resbaladizo acento también le recuerda algo a Zapori.

—¿Cómo es mi piso? —pregunta ella.

—Como un apartamento de hotel. Anodino. Feo. Impersonal. Estaba revuelto. Alguien buscaba algo... ¿Qué ocultas?

—Nos vamos —corta la conversación Anna Ripoll, entrando de repente en el cuarto y arro-

43

jando sobre la cama una bolsa de plástico—. Te han dado el alta. Te he traído algo de ropa mía, quizá te quede un poco ancha, pero creo que te servirá. —Y, dirigiéndose más a Zapori que a María, añade—: La vamos a llevar a una casa segura. Pertenece a una ONG que se dedica a alojar a mujeres víctimas de trata... ¡Pero, venga, no te quedes pasmada y vístete! No tengas miedo, llevo mucho tiempo trabajando con esta gente y son muy fiables.

María se levanta del sillón cerrando con cuidado la impúdica bata sanitaria y, tomando la bolsa de plástico, se mete en el baño.

—Yo tengo que saber esa dirección —dice Erik.

—Qué remedio, estamos obligados a colaborar. Ven con nosotros, acompáñanos en el operativo de traslado.

La mujer reaparece con unos pantalones vaqueros que le quedan algo tobilleros, una camiseta naranja de manga corta y unas zapatillas negras Nike bastante viejas.

—Las deportivas me están grandes.

—Pues apriétate más los cordones. En marcha.

Abandonan el hospital por una puerta lateral. Los dos mossos que han estado custodiando la habitación van hoy vestidos de paisano a petición de Ripoll, que no quiere que su presencia delate el piso de la ONG. Los policías van delante, ellos tres los siguen. Nada más salir, Anna se dirige a un vehículo negro sin distintivos oficiales parado en doble fila con las luces de posición parpadeando, lo abre con el mando a distancia y le indica a María que se meta detrás. Erik se acomoda en el asiento del copiloto y los mossos se dirigen a otro coche oscuro sin rotular que está en la acera de enfrente.

—Un momento, que tengo que decir a la cola adónde vamos —explica Anna.

Coge el móvil, marca:

—Carrer dels Ferreters, 9, piso cuarto D. Está en el Raval. Pero primero vamos a bailar un poco.

Tras colgar, espera a que los mossos lleguen al coche y desaparquen y después arranca, seguida por el otro vehículo. El Raval, piensa Erik; uno de los barrios más decaídos y peligrosos de la ciudad vieja. No es la primera vez que viene a Barcelona, ni mucho menos. Atraviesan en silencio amplias avenidas y calles rutilantes que parecen recién pintadas y Zapori advierte que están dando un montón de vueltas innecesarias, sin duda para comprobar si los siguen. El viaje se alarga tanto con estas maniobras de seguridad que la noche cae: son cerca de las diez y el cielo se ve muy negro más allá de las luces de las farolas. Por fin la hermosa ciudad se va convirtiendo poco a poco en un laberinto de callejas estrechas. Ya están en el Raval. El barrio, pintoresco y antiguo, tiene rincones con encanto, pero hay otras zonas simplemente decrépitas, con muros desconchados y pintarrajeados y contenedores de basura quemados. Anna aparca subiendo dos ruedas a la estrecha acera y los mossos la imitan.

—Aquí es.

Un edificio modesto en un estado de conservación aceptable, cuatro alturas. Sin ascensor.

—La ONG necesita encontrar pisos baratos, como comprenderéis, no nadan en la abundancia. Además, este barrio tiene mucho movimiento y las mujeres pasan más inadvertidas —dice Ripoll, resoplando un poco mientras sube las escaleras.

Zapori calla, porque está asfixiado. Dos años sin fumar no han conseguido limpiar el hollín petrificado de sus pulmones. Se concentra en controlar la respiración para no hacer el ridículo de soltar unos estertores demasiado sonoros. Él es el más viejo de los cinco.

—Hola, Alicia, cariño. Te estaba esperando. —También es más viejo que la mujer que abre la puerta, una treintañera pequeñita con un piercing en la aleta de la nariz que se presenta con una sonrisa—: Soy Aloma, de la organización.

Los seis se apretujan en el humilde vestíbulo sin ventanas. Un largo pasillo deja entrever los brillos niquelados de una cocina al fondo; cinco puertas se abren a los lados. Todo está recién pintado en colores claros y hay alegres fotos de flores en las paredes.

—Contigo aquí seréis tres. Las otras dos chicas te van a encantar. Una cordobesa y una rumana, y la rumana tiene un niño de tres años, es monísimo y muy bueno. Estoy segura de que vas a estar bien. Ahora te enseño tu habitación y te cuento un poco las normas de la casa y los protocolos de seguridad por si pasara algo, pero no va a pasar nada, ya verás —explica la joven con naturalidad y en un tono que resulta extrañamente tranquilizador. Se ve que está acostumbrada a estas situaciones.

En ese momento suena el timbre de la puerta y todos dan un respingo. Se miran entre sí con inquietud.

—¿Esperas a alguien, Aloma? —pregunta Anna a media voz.

—No. Las chicas están en sus cuartos para poder recibir a la nueva, siempre lo hacemos así... —susurra la otra con el ceño fruncido.

Ripoll echa una ojeada al reloj: las 10.30. La puerta no tiene mirilla. Agarra a María por el brazo y la pone detrás de ella, luego hace un gesto a los mossos con la cabeza. Los policías sacan las pistolas, aunque las mantienen apuntando hacia abajo, paralelas a la pierna. Erik avanza, abre una rendija y mira, y después franquea la entrada de par en par. En el umbral hay un niño como de nueve años con una caja de cartón en la mano.

—Traigo esto para Alicia Garone —dice.

Estupor general. El golfillo los mira y aprovecha la aparente parálisis para dejar el bulto en el suelo, dar media vuelta e intentar salir corriendo escaleras abajo. Zapori lo agarra al vuelo de un antebrazo y detiene su huida.

—Eeeh, quieto, quieto. ¿Qué tiene dentro?

El niño se retuerce medio colgado de la mano de Zapori como un pez pendiendo de una caña.

—¡Yo no sé na, eh!, ¡yo no sé na! ¡A mí me han dao la caja y diez euros pa que la suba y ya está!

—¿Quién te la ha dado, dónde?

—¡Ahí, en la esquina! ¡Un tío!

—¿Qué tío?

—¡Y yo qué sé, no le conozco de na, no es del barrio! ¡Un tío gordo y viejo! ¡Viejo como tú! —dice el niño, desesperado, señalando a Erik.

—¿Podrías reconocerlo si lo vuelves a ver? —pregunta Anna.

—No sé. No he mirao. Todos los gordos viejos son iguales.

—Ya. Enséñame los diez euros.

Enfurruñado, el niño saca de su bolsillo un billete de diez. Ripoll se lo arrebata de la mano.

—A lo mejor tiene alguna huella. Aunque los billetes, ya se sabe...

—¡Es mío!

—Te lo devolveré después de que le echemos un vistazo. ¿Cómo te llamas?

El crío la mira suspicaz.

—Antón.

—¿Antón qué más?

—García.

—Muy bien, Antón García. Lárgate. Ya vendré a darte el dinero —le dice Ripoll.

El chaval sale corriendo escaleras abajo.

—Seguro que no se llama así —dice Erik.

—Seguro. Pero es del barrio. Si lo necesito, lo encontraré —suspira Anna.

Vuelven a quedarse en silencio contemplando la caja de cartón. Es de zapatos, vieja. La tapa está sujeta por cuatro precarias tiras de papel de celo. Encima, escrito con rotulador negro y letras desiguales, se lee con claridad ALICIA GARONE. No parece un envío muy elaborado. Tiene un aspecto cutre e improvisado. Ripoll se agacha, cautelosa, y observa el bulto de cerca.

—No creo que tenga un explosivo —murmura.

Alarga un dedo, mueve un poco la caja, luego la coge, se levanta, la sacude un poco.

—No. No es un explosivo, no pesa lo suficiente, el contenedor es demasiado frágil. Pero hay algo dentro.

Con un bolígrafo, Anna despega las cuatro tiras de papel de celo y luego vuelve a dejar el bulto en el suelo.

—A ver...

Todos retroceden y se apretujan contra la pared en el estrecho recibidor mientras ella estira un brazo y, de nuevo con la punta del bolígrafo, levanta la tapa de cartón poco a poco hasta tirarla al suelo.

Sí, sin duda hay algo dentro.

Algo oscuro y mal envuelto en papel de periódico.

Se acercan cautelosos hasta formar un círculo y miran al interior:

—*Putain!*—exclama Zapori.

—Pero ¿qué mierda...? —mascula Ripoll.

Es un pedazo de carne, carne oscura, atravesada por grandes clavos negros. Zapori agarra la caja y mete su nariz inquisidora hasta casi rozar el despojo.

—Es una lengua. De vaca o de buey.

Y, en efecto, ahí está, esa gruesa lengua limpiamente cortada por la raíz, que no sangra y que debe de venir de una carnicería. Cinco clavos la taladran de parte a parte; tienen unos doce centímetros de longitud, son más bien finos, están medio oxidados.

En la cabeza de María estalla, como en el cegador relámpago que precede al trueno, uno de los recuerdos que su memoria ha sepultado. Ve otra lengua cortada, esta sí sangrando, ve los clavos que la cruzan, siente un golpe de puro terror. La imagen se desvanece en negro y ella misma se siente resbalar hacia la negrura. Se le doblan las piernas y cae al suelo, casi desmayada. Anna, Aloma y Erik la sujetan.

—Quieren que me calle. Quieren que no hable —dice María en un susurro.

—Pero ¿qué es lo que tienes que callar? ¿Qué es lo que sabes? ¿Quiénes son los que te quieren silenciar? —la urgen los inspectores.

María hunde la cara entre las manos y se pone a llorar:

—No lo sé, no lo sé, de verdad que no recuerdo nada. Pero sí sé que esa lengua horrible es un mensaje para mí y sé lo que significa.

—Sí... He visto antes cosas parecidas. Es un aviso contra los chivatos —masculla Zapori—: Y, hablando de chivatos, ¿cómo es posible que hayan descubierto la dirección? ¿No era esta casa tan segura?

Lo último lo ha dicho mirando a Ripoll, que está pálida como una hoja de papel.

—Anna, esto es gravísimo, cómo ha podido pasar algo así. Este refugio está quemado... —gime la chica de la ONG.

—No lo entiendo. Ni siquiera yo conocía la dirección hasta que tú no me la diste esta tarde... Nadie la sabía, Aloma. De hecho, nadie la sabe. Y nos hemos asegurado de que no nos seguía nadie...

Un niño empieza a llorar, atrayendo la atención de todos hacia el pasillo. Dos asustados rostros de mujer asoman por las puertas.

—¿Y ellas? —pregunta Zapori, señalando con la cabeza hacia las jóvenes.

—No, no. No les he contado absolutamente nada de la nueva —dice Aloma.

Pero Ripoll no está escuchando. Parece haberse quedado petrificada. Mira al frente sin ver y ni siquiera parpadea.

—Dadme vuestros móviles —dice de pronto a los mossos, extendiendo la mano hacia ellos.

Los jóvenes policías se quedan estupefactos. Uno de ellos, el más alto y grueso, se mete obediente la mano en el bolsillo. Pero el otro, pelirrojo y con cara de niño, reacciona peor.

—¿Mi móvil? ¿Por qué? Quieto, Roger, no hagas nada —le dice al compañero, que se queda inmóvil, dubitativo.

—Entregádmelos ahora mismo —vuelve a decir Anna con frialdad.

—Lo siento, inspectora Ripoll, pero no tiene ningún derecho. Es propiedad privada, pertenece a mi intimidad, no le daré nada sin una orden del juez. Y además voy a hablar con mi sindicato y voy a poner una queja. Basta ya de tanto abuso por parte de los inspectores, cojones —gruñe el mosso, cada vez más irritado.

Su compañero cabecea asintiendo y se cruza de brazos. Ripoll se encoge de hombros, suspira, da una vuelta sobre sí misma como quien está indecisa sobre lo que hacer. Cuando encara de nuevo a los policías, tiene su pistola en la mano y los apunta.

—Los móviles.

Los mossos se quedan congelados. Una fracción de segundo después, el pelirrojo inicia un movimiento que para en seco cuando siente el cañón del arma de Zapori en los riñones.

—Venga, hombre. Complace a la señora.

Ripoll recoge los teléfonos, les pide las claves, mira en primer lugar el del mosso más alto. Todo parece normal. Después abre el registro del chico con cara infantil.

—Vaya. Mira lo que tenemos aquí. Tu última llamada fue hace dos horas, duró veinte segundos y fue a un teléfono que empieza por +33 437...

—¡Qué curioso! Resulta que ese número es de Lyon... —dice Zapori.

Roger se vuelve atónito hacia su compañero:

—Pero... Pero... La llamada que hiciste antes de entrar en el coche... Me dijiste que estabas avisando a tu mujer...

—Cállate, imbécil —ruge el otro policía, enrojecido y con los ojos llenos de lágrimas.

Y después cae en un oscuro silencio.

A partir de ahí se ponen en marcha los consabidos protocolos. Ripoll habla con su superior, que envía a otros mossos para detener al pelirrojo y de paso llevarse como testigo al anonadado Roger. Aloma remueve cielo y tierra, con ayuda de la inspectora, para poder evacuar a sus dos refugiadas esa misma noche. Y al final Ripoll y Zapori se quedan a solas con María.

—Mejor así.

Qué terrible no poder fiarte ni de tus compañeros, piensa Ripoll. A qué nos estamos enfrentando. En qué enorme nido de víboras nos estamos metiendo.

—Tenemos que buscar otro escondite. Al menos por esta noche. Algo que sólo conozcamos nosotros tres —dice Zapori.

—Ya —gruñe ella, mirándolo con poca simpatía.

Salen cautelosamente del portal. Son más de las doce de la noche y las calles están casi vacías.

—Se me ocurre un sitio a donde ir —dice Zapori—. Vayamos andando, no está lejos.

Dan unas cuantas vueltas, por seguridad, pero también probablemente por despiste del francés, y al cabo entran en una calleja recóndita y sucia.

—Carrer dels Dimonis —lee Anna—: Calle de los Demonios. Muy apropiado.

Sólo hay una luz iluminando la acera. Es un hotelito miserable con un neón rosa en la fachada que dice «La ube». En realidad el nombre del local es La Nube, pero la letra N se ha fundido. La puerta está cerrada con una reja metálica extensible. Zapori se acerca y golpea en el cristal y después sacude la reja para llamar la atención. Al poco aparece al otro lado una mujer mayor de aspecto sucísimo con un moño ladeado sobre una oreja.

—Qué pasa.

—Un cuarto con dos camas. Pago dos días —dice Zapori.

—Doscientos —contesta ella, abriendo la puerta de cristal y extendiendo la mano.

Le da los billetes, la vieja descorre el cierre. Ripoll le mira alucinada, él sonríe con expresión de perfecta inocencia. No es la primera vez que viene a Barcelona, ni mucho menos.

—Primer piso, puerta tres —dice la bruja dándoles una llave. Y desaparece.

Antes de subir, Erik saca unas bolsas de cacahuetes y unas botellas de agua de una máquina expendedora cochambrosa que está en el vestíbulo. También vende condones y cremas lubricantes. Entran en el cuarto con su magro tesoro alimenticio: dos camas tan sucias que da miedo arrimarse, un armario astillado de color marrón oscuro, un lavabo amarillento con un grifo que gotea. Zapori se tumba sin complejos encima de una de las mugrientas colchas y abre una bolsa de frutos secos.

—¿Por qué se van a molestar en enviarle una lengua con clavos? Es absurdo. Sabiendo el lugar en donde estaba, bien podrían haber ido a matarla mañana. Y con esto se están delatando —dice Ripoll.

—Verdad. Pero quizá crean que la amnesia de Alicia no es auténtica. Quizá piensen que la pueden amedrentar para que no diga nada. O a lo mejor lo que quieren es asustarla, sí, pero...

—... para que haga algo —completa ella con excitación.

—Eso es. Para que vaya en busca de aquello que los malos están buscando.

—Y que no deben de haber encontrado.

—Exacto.

—Es decir, nos pueden estar utilizando de caña de pescar —dice Ripoll.

—Eso es.

—Pero nosotros podemos volver eso a nuestro favor y hacer de cebo —remata Ripoll triunfalmente.

Erik la mira con aburrido cansancio. Una entusiasta, sin lugar a duda. Zapori ya se ha olvidado de cuando él era un policía así. Y además ahora mismo le interesa más bien poco la solución del caso: lo que quiere es prolongar la investigación, marear la perdiz, liar un poco todo. No mucho, lo suficiente para que los de asuntos internos se vayan con el rabo entre las piernas y le dejen en paz. Zapori necesita ganar tiempo para poder encontrar a esa mala perra de Cécile. Así que le viene muy bien quedarse escondido en este cutre agujero durante varios días.

—Sí. Pero tenemos que andarnos con pies de plomo. No sabemos a qué nos estamos enfrentando. Ganemos tiempo. Esperemos a que Alicia recobre la memoria.

Los dos se vuelven a mirar a María, que ha apoyado la espalda en la pared y se ha dejado resbalar hasta sentarse en el suelo. Pálida y ausente.

—Estás muy callada desde hace horas —le dice Ripoll.

—No me siento bien.

Esos relámpagos, esas intuiciones que se le agitan por dentro, velos traslúcidos que parecen estar a punto de correrse y que luego se nublan. Hay una cara, una cara que emerge de entre las sombras, una mujer que aún no aparece del todo nítida, pero que sabe que es alguien importante para ella, alguien muy importante y muy querido. Una lengua ensangrentada, un pómulo tumefacto, un grito. María se estremece.

Suena el móvil de Zapori. En la pantalla aparece el nombre de Gignac, su compañero de brigada. Es la una de la madrugada, qué extraño.

—¿Qué pasa, tío, me echas de menos?

—Zapori, creo que te interesa saber esto. Estoy de guardia y me acabo de enterar de algo... Han localizado al dueño del piso que alquiló Alicia Garone hace seis meses, y su nombre no es Alicia Garone. Para el contrato tuvo que dar su cédula de identidad y en realidad se llama Clara. Clara Huamán.

Zapori siente un puñetazo en el estómago. Huamán. Clara Huamán. Por eso le sonaba la cara. Por eso el suave acento peruano le parecía conocido. Jadea, lo ve todo rojo, tira el teléfono, se levanta de un salto, se abalanza sobre María, la agarra del cuello y la levanta en vilo:

—¡Hija de la gran puta, dime dónde está Cécile!

Un instante después, Zapori se encuentra ovillado en el suelo, boqueando de dolor y sin aliento. Clara le ha dado un rodillazo en los genitales.

## 4. La camioneta de Saint-Fons

Anna Ripoll reacciona en una décima de segundo. Apunta su pistola a... Ahora ese es precisamente el problema. ¿A quién apuntar? Mueve la pistola de un lado a otro, apuntando primero a María y luego al poli francés, que se queja mientras se masajea la entrepierna. Zapori se recuperará del golpe en los huevos, pero ¿y María? Tiene un aire de animal acorralado, siempre en guardia, cuando no parece estar completamente perdida. Puede hacer cualquier estupidez. Ha eliminado a un asesino con una facilidad desconcertante, podría desembarazarse de una policía con la misma sencillez. ¡Joder! ¡¿Quién es esta tía?! Y también él, ¡menudo gilipollas! ¡Saltar sobre una mujer a la que se supone que estamos protegiendo! Me alegro por sus huevos...

Zapori, todavía quejándose, desliza la mano bajo su chaqueta. Anna Ripoll le apunta de inmediato, sin quitar ojo a María.

—No te muevas si no quieres una nueve milímetros disparándote en el huevo izquierdo.

Mueve ligeramente su Heckler & Koch.

—O en el derecho.

—Ripoll, vaya humor de mierda que tienes —rezonga Zapori con una nueva mueca de dolor mientras pone su mano bien visible delante de él.

—Es mejor que no tener ningún humor, Zapori.

Por el rabillo del ojo, Ripoll sorprende a María sonriendo. Es la primera vez que sonríe. Eso hace que le cambie la cara. De hecho, la chica es jodidamente guapa cuando no la devora la tensión. Pero vuelve a torcer el gesto. La tensión. Lista para saltar.

Anna desarma a Zapori y vuelve a su sitio, tomando distancia.

—¿En qué estabas pensando?

La pregunta podría ser para cualquiera de los dos.

—¿Puedo levantarme?

Anna da un paso atrás para dejar que Zapori se siente sobre una de las camas y así tener a ambos en su ángulo de visión. Él sigue dándose masajes en la entrepierna como si las dos mujeres no estuviesen allí. María se ha echado hacia atrás a medida que Zapori se acercaba a la cama. Seguramente no tema un ataque suyo. Se desharía de él con facilidad. Hay algo más. Ese poli despierta algo en ella. Como cuando vio la foto del guapetón, el otro poli francés que tenía que venir. ¿O es cosa de todos los polis franceses? ¿Es que no confía en ellos? Con un gesto del cañón, Anna le indica a María que se siente sobre la otra cama.

—Vamos, Zapori, estoy esperando...

Él pone mala cara. A regañadientes, suelta lo que conoce. A saber, que María se llamaría en realidad Clara Huamán, de origen peruano, residente en un suburbio de Lyon, y sería la hermana de una tal Cécile que aparentemente le ha dado muchos quebraderos de cabeza. ¿Cuáles? Zapori pone como excusa una pseudocláusula de confidencialidad en la que Anna no cree ni un segundo. Está ocultando algo. Anna se da cuenta de que no se ha molestado en comprobar el perfil de Zapori, como tampoco lo había hecho con el guapetón. Si lo supiese, le sacarían los colores, pero a la vista está: este tío, además de resultar desagradable, no está limpio. Aun así, hay que avanzar en el caso. Se vuelve hacia Clara.

—Clara Huamán... ¿Te dice algo?

Ella frunce el ceño, tuerce la boca, está perdida y se agarra a lo que tiene. ¿Clara, Cécile? Demasiadas cosas. Cécile, ¿sería suyo ese medio rostro cuyo contorno percibe a veces? Niega con la cabeza. Le duele el cráneo, se masajea las sienes, vuelve a ella la visión de esa lengua ensangrentada, parpadea, cierra los ojos un buen rato, piensa en huir, pero la matarían, allí, afuera; o, si los policías tienen razón, correría el riesgo de conducir a los asesinos hasta..., ¿hasta qué?, ¿hasta quién? La inspectora tiene cara de estar perdiendo la paciencia.

—Quizá el inspector Zapori esté en lo cierto. Aunque no nos haya dicho todo, tú también nos estás ocultando algo, Clara, pero en tu caso es mucho más grave. Si es así, no vamos a poder protegerte y encontrar a los culpables que te han...

Clara se levanta y grita.

—¡¿Ocultar qué?! ¡Si no sé lo que podría ocultar! ¡Ni siquiera sé si recordar algo me pondría en peligro o me salvaría!

A Clara no le falta razón.

¿Y Zapori? Quizá él ya sabía que la que estaba allí era ella, y por eso ha sustituido al otro, al guapetón. ¿Podría tener relación con el asesino? ¿Habrá venido a terminar el trabajo? Pero no reaccionó así la primera vez que vio a Clara, piensa Anna. Habría podido desembarazarse de ella en otra parte mejor que en un cuarto tan pequeño. Está claro que ha sido la llamada de su compañero de Lyon lo que ha provocado su reacción: el descubrir su verdadera identidad. Lo que no impide que quizá tenga la intención de liquidarla.

¡Joder! ¡Joder! Anna intenta conservar una expresión impasible. Se sienta en la mesita y deja la pistola en los muslos.

—Bueno, ahora nos vamos a calmar todos y me vais a contar la verdad.

Zapori mira a las dos mujeres. Presiente que a Ripoll le encantaría convertir uno de sus testículos en una canica de plomo. Se está haciendo el duro, pero el descubrimiento de la identidad real de Clara le ha hecho perder los estribos y eso no le gusta. Ha sido un hostión con la mano abierta, a decir verdad. ¡La hermana de esa puta de Cécile! ¡Aquí! Y esa poli española que no se entera de nada, cosa que tiene que cabrearla muchísimo.

Intenta ordenar sus ideas. No debe perder de vista lo esencial. Ganar tiempo aquí hasta que en Lyon los de asuntos internos se cansen de esperar. Con el presupuesto cada vez más reducido que tienen, como mucho se pasarán tres días hurgando por ahí y tendrán que irse. Y luego volver, por supuesto, en cuanto se enteren de que él ha regresado a Lyon. Pero Gignac le ha prometido que lo tendrá al corriente del trabajo de esos carroñeros.

Tiene que aguantar tres días. Mareando la perdiz, volviendo loca a Ripoll. Tres días para demostrar que las acusaciones de corrupción no son más que milongas. Pero ¿qué pinta Clara aquí? ¿Está al corriente de la doble vida de su hermana? Ahí es donde Zapori tropieza. ¿Qué puede contarles a Anna y a Clara sin comprometer el caso y su propia carrera?

Recuerda su primer encuentro con Cécile. Una cosa banal, un delito flagrante. Estaba chupándosela a un cliente en una camioneta en Saint-Fons, una zona industrial al sur de Lyon. Los vecinos llevaban tiempo denunciando una decena de furgonetas aparcadas en el boulevard Lucien Sampaix, a tiro de piedra de una salida de autopista. El caso era sencillo: una puta haciendo una mamada, a fin de mes, daba para alimentar las estadísticas mensuales sin tener que currárselo demasiado. Vortard le había dejado en paz durante dos o tres días.

—¿Puedo levantarme, sólo para...?

Zapori se pone de pie sin esperar la respuesta de Ripoll. Realiza un par de genuflexiones para recolocarse los testículos. Qué cabrona, vaya golpe. Lo peor es que ni siquiera podrá redactar un informe. Recibir una patada en los cojones de una sospechosa, se convertiría en el hazmerreír de todo el departamento, peor aún, de todos los polis desde Lyon hasta Barcelona durante los próximos cien años.

—Todavía estoy esperando respuestas —dice Anna.

La pistola sigue en su regazo. Pero con la mano en la culata.

Zapori llevaba mucho tiempo trabajando en la lucha contra el proxenetismo, había visto muchas cosas, chicas reducidas a escombros, como un trapo, sin vida, tan jóvenes y ya convencidas de haberlo vivido todo. Demasiadas. Cuando pilló a Cécile en aquel delito flagrante, con la polla medio blanda de un directivo encorbatado en la boca, la chavala le había impresionado de inmediato. Eran los ojos, lo sabía. La mirada. Esa mezcla de fuerza, de rabia, y también de humanidad. Una mezcla extraña que le decía que la estaba molestando. Que no podía perder el tiempo con otro poli. Él no estaba preparado para eso. Ella no ha-

bía suplicado, ni llorado, ni protestado. Le había
mirado fría, tranquilamente, se había secado la
boca con un gesto delicado y había esperado.
Mientras otro inspector empapelaba al tipo, que
aseguraba que se trataba de un terrible malenten-
dido, que tenía un amigo bien situado en la pre-
fectura, que quería a su mujer, que era la primera
vez, los dos se habían quedado al principio un
buen rato en silencio en la furgoneta. Un minuto
quizá. De todas formas, bastante rato.

Zapori era sensible a los olores, y esa tarde, en
aquella camioneta asquerosa con el suelo cubierto
por un colchón manchado y desgarrado, sembra-
do de envoltorios abiertos de condones y de sos-
pechosos clínex arrugados, había tenido una revelación. Cuando los olores a sudor, a esperma, a
grasa y a gasolina deberían haber supuesto una
dura prueba para su olfato, en su lugar le había
invadido un extraño aroma que no tenía nada que
ver con el entorno. Como si Cécile absorbiese
toda la porquería que les rodeaba y la transforma-
ra en algo indefinible, en cualquier caso soporta-
ble; no delicado, no, sino un tipo de especia única; no, una especia no, un aliento. Zapori era
incapaz de describirlo del todo con palabras, pero
nunca olvidó ese olor, o ese aliento. La mayor parte de las veces se le escapaba, aunque a veces, en
ciertas circunstancias, volvía.

Después habían estado hablando. Su madre
sin papeles, peruana, drogata, y todo lo demás. El

piso destartalado a dos pasos del estadio Gerland, por donde pululaban las prostitutas latinas. Cécile no había tenido que ir muy lejos para encontrar la inspiración. Pero ella se movía a algunos kilómetros de allí, donde la había encontrado Zapori. Trabajaba por libre, como las otras chicas de la zona. Cada una alquilaba una furgoneta. Habría como una decena de ellas. Cécile no pedía nada. No había intentado explicar por qué hacía eso, cómo había acabado ahí y, de hecho, eso a Zapori le daba igual, había escuchado demasiadas historias miserables que rebajaban la humanidad. O simplemente la describían. Para él venía a ser lo mismo. Hacía mucho tiempo que había decidido no preguntar a las putas acerca de su vida. Sólo esperaba que le diesen información sobre redes y proxenetas, y, en cuanto a lo demás, que le fuesen a llorar a los trabajadores sociales. Ella sólo había dicho que lo iba a volver a hacer y Zapori sabía que tenía razón. Se hacía la fuerte, la fría, la indiferente, pero Zapori también sabía que debía de estar quemándose por dentro, consumiéndose, pudriéndose, ahogándose. Y, por primera vez en mucho tiempo, había dejado marchar a una puta pillada *in fraganti*. Se había limitado a darle su número de teléfono. Lo hacía siempre, pero en general más bien cuando salían de la detención. En esa ocasión, los policías y el inspector le habían mirado con extrañeza al ver a la puta bajar de la furgoneta y marcharse a pie. Quizá, si lo piensa, fue ahí cuando empezaron a correr rumores sobre él en el departamento. Se la sudaba. Conocía a montones de putas y proxenetas, tenía su propia lectura de su oficio, de las líneas rojas y del arte de saltárselas.

Una semana más tarde, Cécile le había llamado. Había vuelto al curro, por supuesto. Pero habían incendiado una furgoneta. Una chica había muerto carbonizada en el interior. Un asunto feo. Contrariamente a lo que se estilaba en el mundillo, Cécile le había pedido protección, como una formalidad. Zapori no lo dudó. Ella había aceptado, así, de una manera tan simple, convertirse en su informante, a cambio de lo cual él la había puesto en contacto con un proxeneta con el que trataba desde hacía mucho tiempo y al que chantajeaba por un viejo asunto de drogas. Zapori le había prometido no avisar a los de estupefacientes, una panda de gilipollas todos, corruptos hasta los huesos. El tipo, un alsaciano que se hacía llamar Oleg para impresionar a los demás, también era gilipollas, pero no pegaba a sus chicas y las protegía más o menos bien.

Pero hace tres meses la putita esta le había jodido bien. No lo había visto venir. Le había denunciado. Le habían cargado con el paquete completo: «corrupción», «proxenetismo con agravantes», «ayuda a residente ilegal», «asociación de malhechores» y más cosas. Puta de mierda. Le había echado a los leones. Los polis del departamento que no podían soportar a Zapori habían testificado que había dejado escapar a la chica. Que seguramente se la había follado en la furgoneta, y quizá luego, a cambio de su silencio. Un encaje perfecto. Aparecieron pruebas, testimonios de Cécile, del proxeneta, fotos de los tres juntos, hasta se habían asegurado de conseguir una foto del proxeneta dándole un sobre a Zapori. Un montaje bastante burdo, aunque no por ello menos eficaz. La trampa perfecta, tanto más creíble cuanto que Zapori tenía su propia concepción de lo ético, bastante alejada de lo que enseñan en la academia de policía. Vale. Pero ¿qué coño hace aquí la hermana de esa zorra?

—Antes me gustaría averiguar qué sabe ella de su hermana.

—¿Ahora resulta que el amnésico eres tú? Te recuerdo que ha perdido la memoria.

Zapori no se lo cree, su mueca lo deja claro, y ya no es por culpa del dolor. Pero Clara se revuelve. Ese nuevo acceso de violencia, esa patada en los huevos, todo eso le da mala espina.

—No tengo hermana...

Él se levanta de golpe. Anna le imita, con la pistola apuntándole a la entrepierna. Zapori no hace amago de volver a sentarse. Apunta a Clara con el dedo. Parece a punto de atragantarse.

—Vale. Ya veo que aquí nadie me cree. Dejadme enseñaros una foto de Cécile y veremos si eso le trae recuerdos.

Señala su bolso de viaje. Anna se le adelanta, lo abre y le hace un gesto con el mentón. Él saca su ordenador lentamente. Una vez encendido, busca en las carpetas encriptadas que tiene en la nube y rápidamente encuentra una foto de Cécile.

Ripoll no le quita ojo a Clara, atenta a la más mínima reacción por su parte.

Todo se revuelve en la cabeza de Clara. Se le forma un nudo por dentro. Mira fijamente el retrato de esa joven. ¿Qué es lo que debería ver? Se le encoge el estómago. Esos rasgos. Tiene miedo. Ningún nombre. Cierra los ojos. Esa joven, vuelve a cerrar los ojos. Ese destello cuando llegaron a la habitación hace un rato, esa mano ensangrentada, ¿a quién pertenecía? Esa mejilla entumecida. Abre los ojos. Anna y Zapori la observan. Su cabeza se niega a responder. Demasiadas emociones. No soporta sus miradas. Sobre todo la de él, acusadora, como si dijera «ya se lo había dicho». Pero ¿dicho qué, gilipollas? Le gustaría gritar, pero no lo consigue, se le va la cabeza, el velo de antes se superpone a la cara de esa joven de rostro frágil y mirada resuelta, una mezcla extraña que le recuerda algo. No los rasgos físicos, sino esa mezcla extraña y familiar. ¿Su hermana?

Le invade la vergüenza. Ella no tiene hermana. No quieren creerla. Pero ¿y si Zapori tiene razón? Agarra el ordenador. Quiere mostrarles su buena voluntad.

Su cerebro sigue negándose. Pero algo pasa. En el instante en que acerca sus dedos al ratón táctil y al teclado para hacer zoom en los ojos. El simple contacto de sus dedos en el teclado. Como un clic. Una sensación tan familiar, un mundo conocido. Una esquina del velo que cae. Con gesto decidido se pone el ordenador sobre las piernas, con las manos sobre el teclado, no reconoce esos dedos que teclean ahora de forma desenfrenada. Repiten gestos importantes, gestos que debió de efectuar en circunstancias muy particulares para que estén grabados tan bien en ella. O quizá es la asociación de esos sentimientos, de ese rostro de su supuesta hermana que se le resiste y el contacto de la piel con las teclas de plástico, como esos pianistas que tocan una compleja melodía con los ojos cerrados. Sus dedos teclean, sus ojos se clavan en la pantalla sin ver lo que muestra. ¿De dónde procede esa imagen? No lo sabe, pero sus dedos tocan una extraña melodía que reconoce, ese martilleo nervioso, continuo.

—Madre mía...

Zapori, por encima de su hombro, reacciona.

—¡Ha entrado en los archivos de Domino-Mer!

Clara deja el ordenador sobre la mesa. No toca nada más. Una mejilla ensangrentada, una mano clavada, un asesino con una lágrima tatuada. ¿Quién es ella?

Zapori vuelve el dispositivo hacia él. Lo manipula delicadamente. Teme borrarlo todo por un movimiento torpe.

Anna Ripoll viene a pegarse a su lado. Le gusta el calor que desprende la poli española. Se dice que, en otras circunstancias, probaría suerte con ella. Por el momento, piensa en la forma de explotar la brecha abierta en la memoria fragmentada de Clara. Ella misma parece sorprendida de lo que ha sido capaz. En Lyon, Gignac y Zapori sólo pudieron constatar que la página web de DominoMer estaba caída, al igual que los despachos abandonados y vacíos. Y ahora Clara ha sido capaz de hurgar en los archivos de la red y encontrar una antigua versión espejo de la página. Gignac es capaz de ese tipo de acrobacias en ciertos casos, lo intentó con DominoMer, pero sin éxito. Es posible que Clara hiciera una copia en un servidor de esa versión de la página, con una ruta de acceso encriptada. Tendría que ser algo así. Una ruta cuya clave conserva en algún lugar de su memoria. La pantalla muestra un organigrama de DominoMer. Zapori toma una foto. Tiene miedo de perder la página y que Clara sea incapaz de volver a encontrarla. Parecía como en trance mientras tecleaba, como poseída.

En la habitación, la tensión ha desaparecido para dar paso a la perplejidad.

—¿Conoces DominoMer?

—No lo sé. Seguramente, si no mis dedos no lo hubiesen encontrado. Pero no me dice nada.

—Es una empresa de Lyon que alquila el contenedor en el que te encontraron. El compañero que debía venir en mi lugar estaba investigándola, pero vaciaron los despachos en cuanto se puso en contacto con ellos tras encontrarte.

Clara mira la pantalla. Está llena de nombres, con sus funciones, fotos, una sola dirección de correo electrónico y un número de teléfono, que remite a la secretaria de la sociedad. Quizá nombres falsos, pero hay que intentarlo. Navegando por el menú de la página espejo, Zapori encuentra también algunos documentos. Desgraciadamente, nada confidencial, sólo ficheros que presentan la compañía en términos muy generales.

Se lo envía todo a Gignac y después llama a su compañero en Lyon.

—¿Falafel sigue en su despacho? ¿Cómo puede ser eso, en mitad de la noche? Me da igual, tú estás de guardia. ¡Despiértalo! Pídele la lista de empleados de DominoMer. Se supone que la tiene, le dijo a los españoles que estaba investigándolos.

Un breve silencio. Clara lo mira, todavía en tensión. Ya no tiene ganas de estrangularla para obligarla a confesar dónde está la zorra de su hermana, pero la tentación sigue ahí. Sabe que ahora no le sacaría nada y que, si vuelve a amenazarla, Ripoll le expulsará del país.

—Nada —responde Gignac tras un breve instante—. Le dijo eso a los españoles porque tenía una información, aunque bastante imprecisa según él, y había que comprobarla, pero no tuvo tiempo.

—Joder, ya decía yo que era un inútil, ¡pero es que es un auténtico inútil! Enséñale los nombres y las fotos.

—Nada —dice Gignac después de un minuto—. Según Fachelle, no tienen nada que ver con la gente que vio él. Según él son fotos sacadas de internet. El correo electrónico y el teléfono no funcionan.

—¡Mierda!

Zapori está a punto de colgar cuando Clara vuelve a cogerle el ordenador. Sus dedos teclean de nuevo. Se guía por el instinto. A él le cuesta seguirla. No se atreve a interrumpir. Pasa las fotos por el filtro y descubre que los retratos los han sacado de empresas existentes, pero los nombres no coinciden. Una rápida comprobación de Gignac de las personas implicadas confirma el robo de las fotos. Clara teclea con furia. Zapori se da cuenta de que está buscando información del correo electrónico. No se contenta con Google, sino que va más allá. Puede que esté amnésica, pero evidentemente recuerda técnicas de investigación digital que él mismo no domina. Se gira hacia él después de un buen rato.

—Quizá sea la única cosa concreta sobre DominoMer, pero el caso es que la secretaria utilizó el correo de la empresa para realizar pedidos privados en Amazon. No sé si su nombre será auténtico, pero aquí está la dirección de entrega para sus juguetes eróticos, en la rue Gorge de Loup.

## 5. El misterio de las flores

—Mira, Zapori, estás empezando a tocarme mucho los cojones —protesta Gignac al otro lado del teléfono, en un tono tan alto que Erik le echa una ojeada incómoda a Ripoll, sentada en la otra cama apenas a un metro de él. Seguro que le ha oído, seguro que la maldita sabe suficiente francés.

—Sólo te estoy pidiendo por favor que vayas a la rue Gorge de Loup a charlar un ratito con la secretaria de DominoMer —dice Zapori en un tono melifluo y educado que suena más falso que una moneda de chocolate.

—¿Que me lo estás pidiendo por favor? Tiene narices. Lo único que haces es ordenar, ¡me das órdenes a mí, Zapori! ¡Cuando tengo la misma categoría que tú! Mejor dicho, ¡tú eres una mierda de policía a punto de ser sancionado y retirado del servicio y yo tengo un prestigio y un futuro, maldita sea!

Erik mira a hurtadillas a Ripoll. Sigue tan impasible como antes, pero al francés le parece ver cierto temblor risueño en la comisura de sus labios.

—Vale, vale, vale, Gignac —intenta contemporizar, mientras se pone de espaldas y baja la

75

voz—: Lo siento. Te debo una. ¡Te debo varias! Pero esta es la única pista que tenemos. ¡Y estoy en apuros, tienes razón! Sólo cuento contigo. ¿Puedes ayudarme?

Y Gignac, que es fundamentalmente un buen hombre, una de esas personas de orden que aprietan los tubos de dentífrico desde abajo hacia arriba y que ponen un periódico meticulosamente doblado en el fondo del cubo de basura para que no se manche, bufa un poco y después le contesta con un resignado gruñido que bueno, que sí, que vale, que, cuando termine la guardia, a la hora del desayuno, irá para allá.

Zapori cuelga, suspira y mira a las mujeres. En sus rostros agotados adivina la hora aún antes de verificarla en el reloj: las cuatro de la mañana.

—Deberíamos dormir algo —dice.

Ripoll asiente. Lleva un rato pensándolo, pero no le hace mucha gracia dejar de vigilar a la desconocida y al francés. Claro que, por lo menos, ella es la única que está armada: aún guarda en su mochila la pistola que le ha confiscado a Zapori. Les echa un vistazo a las mugrientas sábanas y se pone de pie.

—Para ti —le dice a Clara, señalando la cama.

—Yo no pienso dejarte la mía, Ripoll —chulea él, que se ha tumbado boca arriba en el otro catre, los brazos detrás de la cabeza, despatarrado—. Aunque, si quieres compartirla...

La inspectora ni se digna contestar. Se deja caer en el suelo junto a la puerta y se tumba bloqueando la salida, con la cabeza apoyada en su mochila y su pistola al lado.

—Os advierto que tengo un sueño muy ligero —dice.

—Pues peor para ti —responde él, que tiene la exasperante manía de querer decir siempre la última palabra.

Dos minutos después los tres están roncando.

Cuando el soniquete del teléfono despierta a Zapori, lo primero que ve es a Anna, perfectamente peinada, con aspecto limpio y fresco y sin legañas, tecleando algo en su móvil. Maldita condenada, es sobrehumana, gime para sí mientras descuelga. Son las diez de la mañana y es Gignac.

—Espera, te voy a poner en manos libres.

Gignac carraspea:

—La pillé recién levantada y se quedó pasmada de que la hubiera localizado, porque nunca tuvo contrato y ni siquiera había llegado a dar su dirección en la empresa. Voy a leer mis notas. Amandine Pierrot, cincuenta y cinco años, empezó trabajar en DominoMer hace trece meses, uno de esos curros ilegales de mierda, aunque mucho mejor pagado de lo habitual. Por eso nunca hizo preguntas, porque a perro regalado no se le miran dientes, frase textual, aunque suponía que se dedicaban a lavar dinero negro o algo así, porque la empresa cerraba muy pocos contratos. Sin embargo, el director viajaba a menudo y había bastante movimiento, personas misteriosas que iban y venían. La más regular era un hombre joven y guapo, un tal Gaston que debía de mandar mucho, porque el director perdía el culo cuando él llegaba, frase textual. Otra persona que le llamó la atención a Amandine era una experta informática que contrató la empresa hará unos seis meses, un mal bicho antipático con aires de princesa, frase textual, que vino a instalar un sistema nuevo y que un día desapareció sin decir nada, cosa que puso de los nervios al director. Y entonces... —Gignac calla un instante al otro lado de la línea. Cuando vuelve a hablar suena triunfal—: Y entonces tuve una intuición, una idea genial, y le enseñé a Amandine la foto de Clara que nos habían mandado de Europol. Y ¡bingo! Es la princesa desdeñosa, dijo Amandine, sólo que entonces era rubia.

—¿Rubia? —se asombra Anna, mirando el crespo pelo oscuro de la chica.

Clara se lleva las manos a la cabeza y se acaricia el cabello con torpeza.

—Y añadió que esa mujer debía de ser importante, porque conocía lo de Barcelona.

—¿El qué de Barcelona? —apremia Zapori, impaciente.

—¡A eso voy, cojones! Resulta que una de las cosas que Amandine hacía para DominoMer consistía en comprar un ramo de flores con su propio nombre y enviarlo por Mundiflora a una dirección de Barcelona. Esto lo hacía cada dos o tres semanas y cada vez le decían qué era lo que tenía que mandar: hortensias, o rosas, o claveles, o margaritas, siempre alguna de esas cuatro especies. Y también le indicaban el número exacto de flores: once, siete, catorce... Las cifras variaban y eran importantes. No te puedes equivocar, Amandine, no te puedes equivocar, le repetían. Y cuando me contó eso la mujer se paró y dijo, lo mismo me estoy metiendo en problemas, ¿no? Mejor no hablo más. Pero con un poco de simpatía y de labia, y después de decirle que la iba a acusar de asociación con malhechores y esas cosas, sí que habló. Las flores se las mandaba a una tal Lala Rouge al carrer dels Napolitans, 17, Barcelona.

Gignac ha soltado la última frase como quien suelta una bomba, con un trémolo de emocionada y orgullosa satisfacción.

—¿Y por qué dijo Amandine que Clara conocía lo de Barcelona? —pregunta Erik, indiferente.

Un pequeño silencio.

—Mmm, no sé, no lo encuentro en las notas. Creo que no lo hablamos.

—No fastidies, Gignac, vaya cagada...

—¡Vete a la mierda, Zapori!

La línea se corta. El inspector se queda mirando la muda pantalla del teléfono.

—Qué carácter... —murmura.

—La calle está en la Zona Franca, cerca del puerto —dice Anna, que ha comprobado el lugar en el móvil—. Por cierto, el mosso que telefoneó a Lyon se niega a hablar. Parece que está acojonado. Lo mismo Amandine hace bien en preocuparse. ¿Te suena de algo todo lo que ha dicho, Clara?

La joven sacude la cabeza una vez más. Qué cansina es con su maldita amnesia, piensa Ripoll con suspicacia.

—Puedo acercarme al carrer dels Napolitans a echar un vistazo.

—¿Tú solo? Ni hablar.

La inspectora Anna Ripoll tiene varios problemas. En primer lugar, no se fía de sus dos compañeros de habitación. En segundo lugar, debería pasar por la comisaría e informar de las novedades en el caso, pero después de la delación del mosso tampoco se fía de sus colegas. No quiere que Zapori vaya solo a seguir la pista de las flores, pero si ella le acompaña también tiene que venir Clara, porque no pueden dejarla sola. Y eso no es seguro. Aunque, por otra parte, quizá lo que descubran le despierte por fin algún recuerdo. Si es que no está mintiendo.

—No. Vamos todos —concluye.

Zapori la mira socarrón y extiende ante él su mano con la palma hacia arriba. Con un suspiro, Ripoll le devuelve el arma.

De camino al coche desayunan un par de cafés dobles y dos donuts pétreos en un bar tiñoso. Clara sigue sin querer tomar nada. Cada vez está más tensa, más ensimismada, más agitada, como un preso camino de la silla eléctrica. Lo cual puede ser una prueba de que dice la verdad, piensa Ripoll. O de su culpa.

—¿Y si...? ¿Y si formo parte de la red de trata? —susurra Clara, como si hubiera escuchado los pensamientos de Ripoll—: Esa mujer dice que trabajé en DominoMer... y he entrado en sus archivos.

Los tres se quedan unos instantes pensando.

—Amandine dice que eras rubia y es verdad que en tu apartamento encontré una peluca de ese color. Y usabas un nombre falso. Yo diría que más bien querías engañarlos —razona Erik.

—¿Para qué?

—Eso nos lo tienes que decir tú —responde Ripoll—. Por cierto, Zapori, hablando de engaños, ¿qué es eso de que estás en apuros?

Él se atraganta y lo disimula como si fuera un ataque de tos.

—Tonterías. Lo he dicho para hacer que Gignac se sintiera importante y nos ayudara. Es como un niño.

—Ya...

No hablan más en el resto del trayecto. El lugar al que van es un barrio complicado, un polígono de antiguos almacenes portuarios de principios del siglo xx. Hay un sector al que ahora llega el metro que está siendo recuperado, pero su destino cae en la zona más ruinosa y abandonada. Avanzan lentamente por las calles vacías y llenas de baches. De cuando en cuando pasan por delante de algún galpón que sigue en uso, rotulado con carteles de caracteres chinos y dos o tres automóviles aparcados en la puerta, pero fuera de eso se diría que por aquí ha caído una bomba de neutrones. Ni un solo ser humano a la vista.

—Qué lugar tan encantador —masculla Zapori.

Anna detiene el coche. A veinte metros de ellos, en el por otra parte vacío carrer dels Napolitans, hay un local abierto. Una floristería con un cartel que dice: Lala Fleurs. Un comercio inconcebible en este páramo.

—Y qué tienda tan coqueta —le sigue Ripoll la broma por una vez.

Una garra se clava dolorosamente en sus hombros: es Clara, que, desde el asiento de atrás, se aferra a ellos con dedos crispados:

—Vámonos de aquí... Vámonos... Vámonos... —implora demudada.

—¿Qué te pasa, Clara? ¿Qué recuerdas?

—No sé..., ¡no lo sé! —se desespera la joven, hundiendo la cabeza entre las manos—. Pero sé que es peligroso... y doloroso.

Ripoll y Zapori se miran dubitativos.

—Tenemos que echarle una ojeada —dice él.

Observan a Clara, temblorosa y ovillada sobre sí misma.

—Tú quédate aquí en el coche. Agáchate, que no te vean desde fuera —dice Ripoll—. Toma, este es mi móvil personal. En el cero tengo pregrabado el número de Zapori. Si pasa algo, llámanos. No te muevas. Volvemos enseguida. Te dejo las llaves, pon el seguro.

Los dos inspectores avanzan por la calle con mucho menos ánimo del que aparentan. Que esa máquina de matar que es Clara esté así de aterrorizada no resulta nada alentador. Sienten el peso de sus pistolas en el costado, y eso sí reconforta un poco, por lo menos.

Una campanilla tintinea cuando abren la puerta del local. Están en una habitación cuadrangular con un pequeño mostrador de tapa de cristal. En el suelo se amontonan ramos de rosas y de margaritas, tiestos de violetas africanas y aspidistras, cactus de diversas dimensiones. Contra todo pronóstico, parece una tienda de plantas de verdad. Por el arco abierto que da a la trastienda emerge un corpachón enorme rematado por una cabeza indescriptible.

—Buenos días —dice con voz rasposa de fumador sin redención posible—. ¿En qué puedo ayudarles?

Sus pesadas manos de gigante están cubiertas de cicatrices, como si se las hubiera quemado. Pero lo peor es el rostro, tan estirado, tan operado. Un cabezón tremendo con una carita diminuta e irreal como de Michael Jackson, la nariz como la de un duende, los labios confitados, las cejas dibujadas al carboncillo. La piel está tan tensa que mueve la boca con dificultad, parece el muñeco de un ventrílocuo. Por encima de todo ese destrozo, una peluca pelirroja de brillantes rizos. Ripoll carraspea y dice:

—Hola, querríamos hablar con Lala Rouge.

Tal vez sea gay, piensa Zapori, pero no lo cree. Incluso podría ser una mujer, pero tampoco. Y no es un travesti. Es un maldito monstruo friki. Quizá haya sufrido graves quemaduras y de ahí las operaciones. O puede que se haya rehecho la cara veinte veces para cambiar de identidad, él ya ha visto una vez a un mafioso así, aunque no se trataba de un caso tan extremo.

—Soy yo —susurra el individuo con su áspera voz.

Tras identificarse como inspectora, Ripoll le pide a su vez un documento identificativo, cosa que el tipo muestra de inmediato, exhibiendo una cédula francesa en la que, oh sorpresa, consta ese nombre, Lala Rouge, que parecía un apodo.

—¿Y qué hace usted por aquí, señor Rouge?

—Ya ve. Vendo mis bellas plantas.

—¿En este barrio ruinoso y totalmente desierto? Los negocios no deben de irle muy bien.

—Muy al contrario, *ma chérie*, muy al contrario. Tengo grandes clientes entre los cruceros turísticos, entre los yates de recreo... La cercanía del puerto es una mina.

Zapori estira el cuello intentando atisbar la trastienda a través del arco abierto en el muro; se adivina una habitación bastante grande, con las paredes recubiertas de viejos baldosines blancos y largos bancos de obra llenos de macetas.

—¿Nos permitiría echar una ojeada a su local?

—Por supuesto que no sin una orden judicial —responde con placidez el engendro.

—¿Y esos ramos de flores que recibe de vez en cuando por Mundiflora? —dice Zapori.

—Recibo muchos. No sé si se han dado cuenta de que soy florista.

—Ya. Pero se los mandan cada dos o tres semanas, desde Lyon...

—Y no sólo desde Lyon. Son encargos concretos de clientes. Cuando yo no tengo lo que quieren, me lo traen desde otros sitios.

En ese instante se escucha un barullo en la trastienda, roces y un impacto contra el suelo, algo grande que se quiebra, quizá un tiesto. Los dos policías se ponen en guardia. Lala ni parpadea.

—Es Mefistófeles. ¡Mefistófeles, malvado, ven aquí!

Unos segundos después, por el arco asoma un gatazo atigrado y obeso con cara de mal genio que se sube de un salto al mostrador. Ripoll y Zapori se miran con desaliento. No hay más que hacer aquí; habrá que pedir una orden de registro, verificar las cuentas bancarias de Lala, hacer un montón de papeleo. No tienen más remedio que despedirse del tipo.

Tras quedarse sola en el coche, Clara cierra los seguros y, temblando de ansiedad, se deja escurrir al suelo, en el hueco entre los asientos delanteros y los posteriores. Se rodea las piernas con los brazos, hunde la cabeza en las rodillas y se esfuerza en respirar de manera pausada. Está teniendo un ataque de pánico. Ya los ha sufrido antes, su cuerpo lo recuerda. Sabe lo que es. Una sensación de pérdida de contacto con la realidad, un vértigo atroz que la atraviesa como un rayo, un terror ciego que la paraliza. ¿Terror a qué? Este lugar la asusta, le trae una intuición no sólo de peligro, sino de dolor. Un pozo de sufrimiento se está abriendo muy cerca, un agujero negro capaz de devorarla. Va a recordar, y no quiere. Pero sabe que no tiene más remedio que hacerlo.

Porque la vida de alguien muy querido puede depender de ello.

Sandra. Una mirada chispeante, una sonrisa.

Una boca con el labio partido, unos ojos llorosos.

Clara tiene una hermana y se llama Sandra.

La joven respira hondo, intentando dominar su angustia. Haber recuperado la figura fraterna es una revelación, una epifanía que serena y enfría su mente, que concentra su voluntad, que le da fuerzas. Ha dejado de temblar. Alza la cabeza y otea el exterior: la calle sigue completamente vacía y los policías continúan dentro de la tienda. Hay otra entrada, cree recordar Clara a través del estupor de su niebla mental. Abre los seguros, sale del coche sin hacer ruido y, tras meterse por la primera calle de la izquierda, dobla la esquina del edificio y alcanza la trasera del local. Ahí está, en efecto, la entrada de mercancías. Prueba a girar el pomo de la puerta y está abierta. Penetra de puntillas en el pequeño vestíbulo atiborrado de cajas de cartón vacías y, después, en la trastienda, alargada y rectangular, alicatada de baldosas blancas. Al fondo a la derecha debe de haber un hueco que comunica con la tienda; no lo puede ver desde donde está, pero le llegan las voces de los dos inspectores. Una cercanía que la tranquiliza.

Respira hondo un par de veces para serenarse, y con cada bocanada se introduce ese olor en lo más profundo de su nariz, se satura la pituitaria, se encienden al rojo vivo los centros procesadores del olfato en su cerebro. Es un tufo húmedo y verde, con algunas notas dulces y florales y una peste persistente a hojas podridas, a agua corrompida. Ese olor, ese olor específico, estalla en su cabeza como una bomba, junto al brillo sucio y empañado de los azulejos de las paredes. Todo ello abre una compuerta de su memoria y el pasado la inunda como un torrente, dejándola empapada y sin aliento. Su infancia viene a ella en una vertiginosa secuencia de imágenes: la madre tumbada en el suelo y sin sentido, drogada o borracha, y ellas niñas y solas. Sandra, su hermana, tres años mayor, dándole para comer coditos de pasta crudos que las pequeñas roen pacientemente sin haber podido cocinarlos. Sandra un poco más crecida, trayendo mejor comida a casa y también hombres. Sandra prostituta veterana, ahora se llama Cécile, obligando a estudiar a Clara una formación profesional en informática. Sandra llorosa, a veces mostrando la huella de algún golpe. Clara discutiendo todo el día con ella, pidiéndole que lo deje, aprendiendo a luchar para defenderla. Pero Sandra no quiere que intervenga. Sandra la aparta. Clara quemándose su propio brazo con la punta del cigarro para poder aliviar todo ese dolor, la culpa, la impotencia. Y luego aquella escena atroz, cuando Sandra obligó a Clara a esconderse y pudo ver desde debajo de la cama cómo un tipo horrendo le cortaba la lengua a una compañera de su hermana. Hasta ahora las escenas han sido como fotos en blanco y negro, quietas y mudas. Pero con el recuerdo de la mutilación llega el color, un borbotón de sangre rojo brillante, y también el sonido y el movimiento: los alaridos de la víctima, la violencia de los ademanes. Clara cae de rodillas sobre las sucias baldosas del suelo. Aún queda más. Queda Sandra ilusionada, Sandra enamorada. Pero ¿de quién? Su hermana permitiéndose por vez primera la esperanza de la redención, una fe pequeña pero tenaz en que la vida podría llegar a ser piadosa con ella. Pero no. La vida no perdona a los débiles. Esa equivocada esperanza la ablandó y Sandra se volvió descuidada. Y entonces fue cuando desapareció. Cuánto la buscó ella durante tantos meses. Hasta que al fin supo. Clara se muerde el puño para ahogar un sollozo. Porque se está acercando al recuerdo candente, aquel del que preferiría no acordarse. Pero ya es demasiado tarde para retroceder.

Ya es demasiado tarde para todo.

Sandra está muerta.

La mataron con despreocupada facilidad, como quien pisa un insecto, esa pobre mujer que jamás dañó a nadie, esa niña abandonada y famélica que cuidó de su hermana, que se prostituyó a los catorce años, que nunca tuvo un momento de sosiego ni vivió un solo día sin miedo, que sólo se permitió una ilusión y la pagó muy cara, porque fue asesinada por el mismo hombre que ella creía amar. Una pobre y temblorosa vida desperdiciada. Clara cierra los ojos, aprieta los párpados sobre un charco de lágrimas. Ahora sabe por qué está aquí y qué es lo que va a hacer. Viene a vengarse.

De pronto algo le rodea el cuello, algo corredizo que se cierra y empieza a sofocarla de inmediato. Echa las manos al lazo mientras se pone en pie de un salto, pero no puede meter los dedos por debajo de la cuerda, que parece un cuero y está ya demasiado hincado. Clara intenta volverse y defenderse, pero no consigue controlar sus movimientos porque enseguida siente cómo su cuerpo es elevado en el aire. No la están estrangulando: la están ahorcando. Con los ojos inyectados, viendo nubes oscuras, sin oxígeno, da vueltas sobre sí misma colgando del cordón y atina a atisbar el cabo de cuero que pasa por una viga y a un hombre encapuchado que está acuclillado usando todo su peso para levantarla. Con una patada espasmódica derriba un par de tiestos, que caen y se quiebran con gran ruido. Entre brumas, aún alcanza a escuchar una voz que dice: «Es Mefistófeles. ¡Mefistófeles, malvado, ven aquí!», y después el dolor y la asfixia desaparecen engullidos por una paz negra y desolada.

## 6. La buena disposición de Falafel

—Pareces enfadado.

Gignac, inmerso en sus notas, levanta la cabeza. El inspector Laurent Fachelle, a quien no ha oído acercarse, le tiende una taza de café.

—Con leche y sin azúcar, ¿verdad?

Gignac coge la taza y gruñe algo que se parece a un «gracias».

—¿Estás liado? Si puedo ayudarte...

Gignac piensa. La llamada de Zapori unas horas antes le ha producido un cabreo de los gordos. Además, los de asuntos internos llevan desde el día anterior dando vueltas por los despachos tocándole los cojones, haciéndole preguntas a las que intenta responder sin comprometerse. No ha tenido tiempo de ocuparse de la chavala del contenedor.

—No sé. Es por lo del asunto de Barcelona. La chica de DominoMer, la secretaria de los juguetes sexuales, habría que volver a verla. Hay que preguntarle por qué dijo que Clara, la del contenedor que estaba contratada en Domino-Mer, sabía lo de Barcelona.

—¿Sabía qué?

—Un asunto de ramos de flores, que aparentemente servían de código. Pero no tengo tiempo ahora, joder, estoy liado con lo del retrato robot de ese Gaston, el que describió.

—¿Y qué pinta tiene ese retrato robot?

—Un tío joven y guapo, menuda descripción... ¡Anda, parecido a ti!

Fachelle pone cara de enfado.

—No dijo que pareciese un estirado, no te preocupes.

Gignac saca una hoja de una carpeta.

—Es cierto, se parece un poco —admite Fachelle—. Cuando les estuve vigilando vi a un tipo que se parecía, entraba y salía del edificio, pero no estaba seguro de que estuviese relacionado con la trata. Yo iba a por el jefe. Pero, si ese es el tal Gaston, era más bajito que yo, casi una cabeza, llevaba siempre una cazadora beis y botas de cowboy. Tenía también el pelo más corto, la nariz más redondeada. Yo no diría que fuese guapo, pero bueno, para gustos colores, ¿verdad? Aunque, si esa mujer es capaz de reconocerlo, está en peligro, ¿no crees? Ya has visto que fueron capaces de localizar a la tal Alicia en Barcelona. En todo caso, enhorabuena, has tenido más éxito que yo.

—No es muy difícil... Para alguien que quería tomar el primer vuelo a Barcelona con el pretexto de que estaba trabajando sobre DominoMer, en solitario, no has sido demasiado eficaz.

—La cagué, pero mi intención era buena. Dame una oportunidad para compensarlo, y así te debo una. Tengo un par de cosas que hacer, pero estaré libre a media tarde si quieres.

Gignac examina a Fachelle. Un lobo con unos colmillos que le llegan hasta el suelo. Todo el mundo aquí sabe que sueña con dirigir un departamento como este y cuanto antes.

—Escucha, tengo que volver a hablar con la secretaria, pero los de asuntos internos me tienen retenido porque quieren hacerme preguntas sobre un caso de Zapori y, ya que estoy aquí, voy a continuar con el retrato con la gente de la científica y lo que me has dicho. Ve a ver a la tía de los consoladores. Y date prisa, que ahora tengo un mal presentimiento.


—¡Joder, joder, joder! ¿Y ahora qué hacemos?

Zapori estalla, loco de rabia. En la zona franca del puerto de Barcelona, a unos metros del florista, ambos inspectores acaban de volver a su coche. Se les viene el mundo encima. ¡Clara ha desaparecido!

—¡Se está riendo de nosotros! ¡A saber para quién trabaja!

No puede ser, no puede ser, se dice Ripoll, devastada, mientras buscan en vano a la joven por los alrededores, no puede ser que les haya engañado. Anna se tiene a sí misma por alguien que sabe hacer buenos perfiles de las personas, cree que tiene un don de gentes.

—¿Y ahora qué hacemos? —grita Zapori.

—¡Vamos a empezar por calmarnos! —grita Ripoll aún más fuerte—. ¿Me pongo yo nerviosa, coño? ¿Quieres otra patada en los huevos para calmarte?

Zapori se tranquiliza un poco. No por miedo a la patada, sino porque se da cuenta de que, al fin y al cabo, la desaparición de Clara le viene bien, le permite ganar tiempo. Cuanto más tiempo siga desaparecida, más tarde volverá a Lyon. Los de asuntos internos se habrán largado. Sí, pero no te alegres demasiado, se dice a sí mismo. Hay muchas posibilidades de que sea esa ninja, y sólo ella, la que pueda decirte por qué la puta de su hermana te ha denunciado y llenado de mierda hasta el cuello.

—De todas formas, no puede estar lejos.

—Vale, Ripoll, vale. Vamos a empezar por volver a ver al florista enorme.

—Ah, ¿es que ya has conseguido una orden? ¡Qué eficacia la de la poli francesa!

—¿Sabes qué? Quédate aquí, en el coche, que yo me ocupo de todo, ¿te parece? Puedes decir que se me ha ido la pinza, que te he encerrado en el coche. En Lyon te van a creer sin pensárselo dos veces, de todas formas ya andan detrás de mí. ¡Pero tengo la intención de demostrar que se equivocan!

—Vale, vete a plantar tus cojones de superpoli encima del mostrador del florista. Seguro que confiesa de inmediato.

—Voy a preguntarle educadamente, mientras espero a que la secretaria de DominoMer nos dé la clave de sus códigos. Estoy seguro de que con eso al florista se le irá soltando la lengua.

Suena el teléfono de Zapori. Gignac. Siempre en el peor momento.

—¿Qué? No tengo tiempo, me estás...

Zapori calla. Gignac le cuenta. Zapori se hunde. Frente a él, Ripoll se impacienta. Cuelga. Permanece en silencio.

—¿Qué pasa?

—La secretaria de los juguetes eróticos... Uno de nuestros inspectores que iba a interrogarla la ha encontrado con un consolador clavado en la garganta. Faringe perforada y...

—Vale, ya basta, ya me hago una idea.

Zapori está medio atontado. Continúa, como si no la hubiese oído.

—La puerta había sido forzada, el piso registrado.

No cuenta que Gignac también le ha advertido. Los inspectores de asuntos internos le han estado haciendo una presión de la hostia al comisario Vortard, reprochándole haber dejado marcharse a Zapori a España en plena investigación interna y preguntándose, a través de pérfidas insinuaciones —aunque el comisario captó perfectamente el mensaje—, si no estaría el propio Vortard implicado en los asuntillos de Zapori. Vortard se ha visto obligado a ceder. Finalmente ha prometido enviar a Falafel a Barcelona para sustituirle y que Zapori vuelva cuanto antes a Lyon.

El teléfono suena de nuevo.

—Soy Fachelle. He sido yo quien ha encontrado a la secretaria. Lo siento. Gignac y yo tuvimos un presentimiento, pero no me imaginaba que se cumpliría así. Si hubiese ido dos horas antes, yo... Habríamos podido...

—No me jodas con tus zalamerías, Falafel, has estado lamiéndole el culo a Vortard, cabrón, es tu forma de vengarte, ¿verdad?

Falafel no se inmuta, prosigue con el mismo tono. El tío es un iceberg.

—Resumiendo, la policía científica está en el lugar de los hechos, quería decirte que he hablado con el comisario, que ha decidido enviarme de refuerzo a Barcelona.

—¿De refuerzo? ¡Serás capullo! Te crees muy listo tú, con tu carita de ser el primero de la clase te estás quedando con todo el mundo, cabronazo. Venga, ven, aquí te espero.

Cuelga brutalmente. Grita:

—*Fuck! Fuck!*

—Zapori, eres un puto enfermo —dice Ripoll.

—¡Cierra la boca tú también, joder!

Ahora ya no hay tiempo que perder, piensa. ¿Qué estará tramando el cabrón de Falafel? ¿Y por qué tenía un informe sobre mí? Está decidido a hundirme. Ese mierda debe de trabajar en secreto para los de asuntos internos. ¡Pero qué idiota! ¿Por qué no lo he pensado antes? Zapori se vuelve hacia Ripoll, que está arrancando el coche, visiblemente irritada. Golpea la ventanilla.

—¡Espera! Vamos, perdóname, soy un idiota, vale. Ya te lo explicaré. Pero ahora que la secretaria ya no puede hablar, la única pista que nos queda es el florista. Así que lo siento, pero voy a plantarle los cojones encima del mostrador...


La oscuridad, el olor, esa podredumbre delicada que marea, que huele a humus, a tierra fresca, a humedad. Le duele la garganta. Clara no se mueve. ¿Cuánto tiempo ha estado inconsciente? Le han puesto una bolsa en la cabeza. Pero los olores no engañan. Sigue en la floristería. El dolor de garganta, insoportable. No se mueve. Esa oscuridad y esos olores foráneos. La memoria la devuelve al contenedor. Siente que el aire está menos viciado. Más espacio. Menos silencio. Recuerda. Fragmentos. Recuerda que vino a Barcelona sola. Que no llegó en ese contenedor. Entonces, ¿cómo?, ¿por qué? Está en el suelo, sigue atada por el cuello. Los pies sujetos. Las manos también, en la espalda, no demasiado apretadas, pero es incapaz de usarlas para liberarse. Un pañuelo o un trapo cruzado en la boca, para asegurar su silencio. No entiende. Aparentemente hay alguien que quiere matarla. ¿Por qué, entonces, sigue con vida? Pero quizá está ya muerta. Su memoria la engaña. Ha olvidado cómo se diferencia la vida de la muerte. Puede que lo haya olvidado. Delira. A lo mejor sólo estamos muertos a ojos de los demás. Pero tal vez continuamos viviendo, con normalidad, pero invisibles, silenciosos. Sin olor. Eso quiere decir que quizá Sandra sigue viva. Creo que está muerta, pero puede que me hayan engañado. Basta de delirar, Clara, basta.

—Mefistófeles, deja a esa putita tranquila.

El gato parece protestar. Maúlla de un modo huraño.

—Juan, asegúrate de que los polis se han marchado, yo vuelvo al mostrador. Estúpido gato.

La voz. Áspera, ronca, dura, lenta, cavernosa. La reconoce. Esa voz significa cinco claveles y siete margaritas. ¿Por qué está pensando en eso? ¿Por qué en flores? Es como los dedos en el teclado, que corren por su cuenta y encuentran los archivos de DominoMer. Siente las patas del gato sobre ella. Es suave. No sentiría eso si estuviese muerta.

Un ruido mate, el aullido del gato, que seguramente se ha llevado una patada, un jarrón que se rompe, agua que se derrama, que le moja la chaqueta. Va a estornudar, a revelar que se ha despertado, pero necesita ganar unos minutos. Los dos hombres han ido a la tienda. Decide arriesgarse, moviéndose apenas. Un breve movimiento, apoyándose en la nalga izquierda, y nota el teléfono de la agente de policía. Oye voces. Lejos. Deprisa. Se contonea, agarra el teléfono en el bolsillo de su pantalón. Ahora, hacer el vacío. Puede que siga sufriendo una fuerte amnesia, pero recuerda perfectamente el teléfono que le ha dado la poli española. Es el mismo modelo que le había comprado a su madre, el mismo que el suyo. Eso que Ripoll ha hecho para ella, en el coche, dejarle en su móvil el teléfono grabado de Zapori como número de urgencia para llamar con una simple tecla, Clara lo había hecho con su madre. «Si pasa algo, aprieta este botón, con eso me llamas directamente». Clara está desconcertada. ¿Cómo es posible que recuerde eso? A su madre. A su madre como una víctima. ¿Por qué su madre tendría necesidad de protegerse de ese modo? ¿Qué temía? ¿O está confundiendo a su madre con su hermana?

Oye ruidos en la tienda. Reconoce la voz. El poli francés. Escucha cosas que caen al suelo. Piensa en el teléfono... Cierra los ojos. Recuerda cómo se maneja ese modelo. Sin verlo, manipulándolo a su espalda, lo pone en silencio, baja el nivel del sonido, llama al número, devuelve el aparato al bolsillo.

Por ahora no puede hacer nada más. Tener esperanza y aguardar.

Pero la agarran de golpe, por los hombros y las piernas. Dos hombres. El sonido de las voces de la tienda se aleja. Lo último que oye, la mención incongruente de una... marciana. Después se borra todo. La llevan al fondo de la trastienda, a un trastero, no, la arrojan dentro de una furgoneta, que arranca. Le gustaría gritar. Ve la imagen de esa mujer que podría ser su madre. O su hermana. O ella misma.

El florista con cara de delincuente no parece sorprendido al ver a Zapori entrar de nuevo, y eso le pone de los nervios al instante.

—Ahora vamos a jugar al juego del tipo torpe —dice Zapori inclinándose hacia el florista, que no se mueve.

Le trae sin cuidado tener a un poli francés en su tienda, y lo mismo a una mossa. El tipo ya se ha visto en otras parecidas. Zapori lo nota enseguida. No tiene tiempo que perder. De un codazo, tira un jarrón que contiene un arreglo de rosas, lirios blancos y crisantemos. Aguza el oído y se vuelve hacia Ripoll.

—¿No has oído un ruido, inspectora?

Se hace el inocente, visto que el florista ni pestañea. Da unos pasos por la tienda, pasando por encima de las flores derramadas entre los trozos de jarrón.

—Mire, estamos interesados en ciertos pedidos de arreglos florales que recibe usted de cierta dirección en Lyon.

—Ya le he respondido.

Zapori se vuelve hacia Ripoll.

—¡Es verdad, ya ha respondido!

Zapori recorre la tienda, repitiendo «ya ha respondido», levantando los brazos al cielo, con cara de lamentar haberlo olvidado. Las orquídeas vuelan a su paso, después docenas de tulipanes, macetas de plantas son barridas por sus molinetes. Mira al suelo.

—Ripoll, ¿soy yo el torpe? ¿O estas pobres plantas estaban ya en el suelo?

Echa una mirada y ve que al florista, que conserva su calma, le gustaría hacerle un agujero en el cráneo con un taladro. Avanza hacia un expositor que había dejado cuidadosamente intacto. Coge cuatro flores de cuatro jarrones diferentes, que permanecían aparte. Las deja al lado de la caja. Una hortensia, una rosa, un clavel y una margarita. Bien alineadas.

—Si recibes esto de Lyon, ¿qué haces? ¿Quiere decir cuatro futuras putas? ¿Qué? ¿Una rusa, una albanesa, una francesa, una marciana?

Zapori está a punto de agarrar al florista por el cuello para hacerle tragar las flores cuando su móvil empieza a vibrar. Ese tocapelotas de Gignac o el cabrón de Falafel. Busca en el bolsillo de su chaqueta. Saca su móvil. En la pantalla aparece el número de Anna Ripoll.

—¿Qué? ¿Y ahora por qué me miras con cara de idiota? —pregunta la policía española.

Zapori se limita a enseñarle el teléfono para que vea la pantalla y su nombre, y se lo pone al oído. Se olvida del florista, agarra a Ripoll por el cuello de la camisa y la conduce a la trastienda.

—¿Clara...? ¿Sí, Clara? ¿Dónde estás, joder?

—No le hables así, Zapori, ¡haz que se sienta en confianza en lugar de portarte como un borrico!

Se detienen los dos en el umbral de la trastienda. Allí también hay un jarrón roto, el gato husmeando y... un olor. Cierra los ojos, escucha, habla con más tranquilidad, inspira. Clara ha estado en este cuarto.

—Clara, ¿necesitas ayuda? No oigo más que un ruido sordo, si estás en peligro, carraspea.

Nada, excepto ese ruido de... Se mete corriendo en la trastienda. El florista gordo intenta cerrarle el paso.

—¡Necesita una orden!

Ripoll le aparta de una fuerte patada en la entrepierna.

—¡Joder, qué manía tienen en este país...! —dice Zapori mientras sigue corriendo.

—Nosotros decimos que es un método de relajación... —replica Ripoll según atraviesan el almacén.

Zapori abre la puerta que da al exterior. En el terraplén, ve una furgoneta alejándose del lugar a toda velocidad. La señala con el dedo.

—¡Clara!

La mossa comprende de inmediato. Corren hacia su coche sin perder de vista la furgoneta que se incorpora a la avenida. Los dos se detienen al abrir las puertas. Las cuatro ruedas han sido pinchadas.

—¡Mierda!

Gritan cada uno en su lengua. Al unísono, se giran y vuelven corriendo hacia la tienda. Había un coche aparcado delante, seguramente el del florista. Han llegado justo a tiempo para ver el coche alejándose a toda velocidad. Ambos se detienen, agotados, intentando recuperar el aliento. Zapori tiene el móvil en el oído. El mismo ruido sordo, el motor de la furgoneta, a veces un acelerón. Siguen teniendo conexión. Ripoll le lleva hacia la tienda y descuelga el teléfono fijo cerca de la caja. Y lo vuelve a dejar.

—¿Qué pasa? —pregunta Zapori, con el móvil pegado a la oreja.

—¿Que qué pasa? Pues pasa que no sé en quién puedo confiar. Hay que localizar mi teléfono, pero necesito una autorización especial para eso.

—Déjalo, Ripoll.

Zapori conecta el altavoz del móvil: el mismo ruido sordo. Busca en sus contactos.

—Vamos a llamar a este tío.

—¿Otra jugarreta, Zapori? Conoces los hoteles más costrosos de Barcelona, ¿qué has estado trajinando aquí en el pasado?

No se molesta en responder. Mientras la llamada desde el móvil de ella continúa activa, un hombre responde a la llamada de Zapori. Intercambian unas pocas palabras.

—Te va a llamar dentro de poco. Estará aquí en unos veinte minutos. No le hagas ninguna pregunta, Ripoll. Limítate a aprovechar sus servicios. Localizará el teléfono, y no le hables de autorización alguna del juez o alguna gilipollez similar, ¿eh? Ni hablar, ¿está claro?

En la semipenumbra de la furgoneta, Clara se incorpora a medias y empieza a intentar cortar la brida que le ata las manos. Un gesto regular. Probablemente no conseguirá nada, pero necesita actuar. No hacer nada significa la muerte. Le invade esa certidumbre. No hacer nada es el rostro de esa mujer que ella cree que es su madre. No está segura, pero ¿por qué iba a tener si no ese rostro asustado tan profundamente grabado? ¿Por qué ahora? ¿O es el rostro de Sandra? Pero Sandra era más joven. Intenta ganar seguridad de nuevo: mi memoria no está completamente muerta...

Pero ¿acaso puede confiar en su memoria?

¿Y si me equivoco cuando digo que Sandra está muerta? ¿He visto su cadáver? ¿Lo he soñado? ¿Y si fuese mamá?

Frota la brida que le rodea las muñecas contra el saliente de la parte trasera de la furgoneta. Tiene que concentrarse en ello, para no pensar, para no desmayarse. Espera que el móvil siga conectado. Y que todo esto tenga sentido. La imagen de Sandra le vuelve ahora, la foto que le enseñó el policía, Sandra, Sandra, su hermana, la foto de su hermana, frota, frota, la foto de su hermana, de nuevo se emborrona todo, su hermana, también ella le había enseñado una foto, un hombre, su hombre, está todo tan lejano, tan confuso, y esos hombres, delante, ¿quiénes son? Clara frota, frota, aprieta los dientes, el dolor le sienta bien, le devuelve la rabia.

# 7. Yo soy

—¿Qué haces? —pregunta Zapori, distraído, mientras escucha el distante ruido de motor que sigue recibiéndose a través del móvil de Clara.

—Aprovechar el tiempo —gruñe Ripoll— mientras tu amigo nos localiza la llamada.

La inspectora ha entrado en la trastienda y está volcando los tiestos, escudriñando los muros, golpeando los azulejos con los nudillos. Trabaja concentrada y ceñuda, a toda velocidad, casi se diría que frenéticamente. Pero qué le pasa, se extraña el francés; sí, desde luego que es una cagada que hayamos perdido a Clara, pero la mujer parece al borde del infarto.

—¿Crees que hay un cuarto oculto? —pregunta Zapori, sumándose él también a la inspección de las paredes.

Anna no contesta. Se detiene, tensa y desalentada, en mitad de la habitación, y recorre con la mirada el perímetro de la trastienda. De súbito su rostro se ilumina. Corre hacia la esquina del fondo, allí donde está el gran cajón de arena de Mefistófeles, y lo aparta de una patada. Detrás, en el muro, disimulada con un recubrimiento de azulejos pero claramente visible si uno se fija, hay una puertecilla de unos ochenta centímetros de alto por un metro de ancho. Dos cerrojos herrumbrosos la mantienen clausurada. Ripoll se arrodilla y, con mano un poco temblorosa, descorre los cierres, abre la portezuela y se lanza gateando a través del agujero. Zapori se apresura a seguirla, no sin antes empuñar su pistola. Nada más meter la cabeza por el agujero, siente la tibia bofetada de un olor repugnante. Apesta a sudor, a sangre, a vómito y excrementos, a dolor y miedo. Tener un olfato tan fino puede ser un suplicio.

Están en un cuarto exiguo de unos tres metros por tres metros, con el techo tan bajo que le basta con alzar la mano para tocarlo. Un verdadero zulo, apenas iluminado por una hilera de cuatro baldosas de vidrio translúcido en lo alto de un muro. A la luz de la linterna del móvil ven gurruños de mantas hediondas, goterones de sangre coagulada, cadenas con grilletes, un cubo de hierro al que conviene no asomarse. Una pequeña sucursal del infierno.

—Las meten aquí cuando llegan o cuando se las llevan —musita Anna con voz ronca.

Luego se vuelve hacia él y le agarra del brazo:

—Tenemos que encontrar a Clara, Erik. Tenemos que encontrarla.

«Me ha llamado Erik», se sorprende Zapori. Gratamente. A decir verdad, le complace esta inesperada intimidad. Le palmea la mano para mostrarle afecto y para intentar que los duros dedos de Ripoll dejen de clavarse en su carne.

—Eso haremos, Anna.

El escandaloso timbre del teléfono fijo interrumpe el momento. Zapori se arroja por el agujero, atraviesa la trastienda de un salto, llega a la tienda y contesta. Es su contacto.

—He activado remotamente la función de localización en el móvil que me diste y lo he vinculado con tu teléfono. Mira en tus dispositivos, encontrarás uno nuevo que se llama Zapo. Dale a buscar y lo podrás rastrear en tiempo real.

Sigue las instrucciones y, en efecto, el terminal aparece parpadeando en mitad del mapa.

—Funciona.

—Con esto estamos a la par. Hasta nunca —gruñe el tipo, y cuelga.

—Anna —dice Zapori, volviéndose hacia ella. —Anna —repite, deleitándose en el nombre—: La tenemos localizada. Está en el Port Vell y además apenas se mueve. Creo que han dejado la furgoneta y van a pie.

A través del altavoz del móvil, en efecto, ya no se escucha un motor, sino ruidos indistinguibles, voces, pasos.


—¡Quédate quieta, cabrona! —grita, enfurecido, uno de los dos matones que están acarreando, por las axilas y por los pies, el cuerpo de Clara, que se retuerce intentando liberarse.

Y, para rubricar su orden, el tipo asesta un violento puñetazo contra la cabeza encapuchada de la mujer. Clara deja de moverse. El golpe ha caído cerca de la sien y ha nublado durante unos instantes su conciencia. Pero no del todo, no del todo. Siente el peso de su cuerpo dolorido, las inclementes manos de quienes la transportan. El mundo regresa poco a poco. Percibe que están ascendiendo por una rampa inestable.

—Pero ¿qué es esto? ¿Qué está pasando? ¡A mí no me lieis! ¡No podéis subir al barco! —oye decir a un hombre con un tono algo histérico.

—No podemos los cojones. Quítate de en medio, imbécil.

Clara se estremece: es esa voz que le da tanto miedo. Ronca y despiadada. Una voz que huele a plantas podridas. Lala. Lala Rouge. Los recuerdos regresan a su cabeza con un chisporroteo de escenas desordenadas, como fuegos artificiales que estallan en la noche. Lala pegándola y arrimando la punta de un cuchillo a su ojo, amenazando con vaciárselo. Lala inyectándole algo en el brazo. ¿Qué busca, qué quiere de ella? Dónde está la lista, preguntaba. ¿Qué lista? Clara aprieta los párpados, intenta concentrarse dentro de la oscuridad de la capucha. Siente que está a punto de saber. El pasado regresa.

El yate está atracado en una zona discreta del puerto deportivo, pero aun así el traslado del cuerpo encapuchado de Clara a plena luz del día ha sido un riesgo. Sin embargo, parece que nadie los ha visto. Los matones son rápidos y tienen el atrevimiento de quienes se saben peligrosos. Han metido a la mujer en la cabina del bonito barco, veintitrés metros de eslora, dos millones y medio de euros, y ahora la dejan caer sobre el suelo sin miramientos. Ha dolido, pero Clara no se queja, no se mueve. Prefiere hacer creer que está desmayada.

Arturo Blanch, abogado cincuentón especializado en comercio marítimo y dueño del yate, se retuerce las manos con desesperación contemplando el cuerpo inerte y maniatado.

—Pero, pero, pero... ¡Esto no es posible! ¡Esto es inadmisible, esto no es lo acordado, me estáis poniendo en riesgo!, ¿quién es esa mujer?, ¿qué está pasando?

—Cierra el pico y prepara las cosas. Vas a llevarnos a Colliure —ordena Rouge.

—¿A Francia? Pero, pero, pero, no es tan fácil, quedaré registrado allí, ¡no quiero verme involucrado! Yo soy abogado, qué os habéis creído. Bajaos ahora mismo de mi barco y llevaos eso.

Lala agarra el cuello de Blanch con su manaza y aprieta. Acerca al abogado su estirado rostro de muñeca hasta tocar nariz con nariz

—¿Tu barco? Qué capullo. Este barco es mío. ¿Quién te ha dado a ti el dinero para comprarlo, gilipollas?

Estruja el gaznate del tipo un poco más y luego lo suelta, desdeñoso.

—Estarías muerto si no fuera porque te necesito al timón, así que avívate. Hazlo bien y a lo mejor te perdono la vida —dice el florista.

Y su tono es tan suave y razonable que no cabe duda de que habla en serio.

El abogado tose, babea, se tambalea, inspira hondo y probablemente se mea de miedo en los pantalones.

—Ne-necesito cargar diésel... —jadea.

—No hay problema. Vamos a repostar.

—Y tengo que aparcar bien el coche...

—¿Me tomas por imbécil? A lo mejor también quieres que te lo laven...

—¡No puedo dejarlo ahí! He venido corriendo en cuanto me has llamado, Rouge, pero el coche no puede quedarse en el muelle, está prohibido... Llamará la atención. Hay que meterlo en el aparcamiento.

—Está bien. Iré contigo —concede Lala—. Juan, mueve las dos furgonetas y déjalas también en el parking, está a doscientos metros. Deprisita. Y tú quédate vigilando a esa.

Desde detrás de su capucha, Clara los oye salir. Ha estado siguiendo la conversación, pero continúa quieta, desmadejada, tumbada boca arriba tal como cayó. Las manos, atadas a su espalda, le duelen ferozmente, aplastadas por el peso de su cuerpo y lastimadas por sus esfuerzos para soltarse. De hecho, tiene la mano izquierda atrapada a medio camino de sacarse la brida, la articulación casi descoyuntada, la carne mordida. Eso es lo que más duele, duele muchísimo, pero Clara no se ha atrevido a hacer ni un movimiento, no quiere que descubran sus avances. Por fortuna ha caído boca arriba y las ligaduras están ocultas.

Oye cómo arranca la furgoneta y después todo queda en silencio. Sabe que está con uno de los matones, pero, aunque aguza el oído, sólo percibe el chillido de las gaviotas, el susurro del agua contra el casco. Siente que una ola de adrenalina la galvaniza: sabe que esta es su única oportunidad, el mejor momento para poder huir, antes de que vuelvan los demás. Pero cómo.

No ve nada, y eso es lo peor. No sabe si el hombre la está mirando, o dónde está. Escucha de nuevo. Sin resultados. Qué desesperación. Tiene que hacer algo.

Arquea el cuerpo un poco, muy despacio, liberando las manos del peso. El corazón le late con furia: en cualquier momento espera recibir un golpe del gorila. Pero no pasa nada. No la debe de estar vigilando, o al menos no con la debida atención. Tira de su mano izquierda tentando la brida: el dolor es tremendo, pero le falta sólo un poco para soltarse. Entonces oye un ruido y se congela, el pulso se le detiene entre dos latidos. El hombre camina, abre la puerta, la vuelve a cerrar, los pasos se acercan, está junto a ella. Clara ha vuelto a dejarse caer del todo sobre el suelo. El pie del tipo tantea el muslo de la mujer, quiere ver si sigue desmayada. Ella no se mueve. El matón se aleja, y se aleja mucho. Las pisadas van en dirección contraria a la puerta. Este es el momento, se dice la mujer, el tipo sin duda está de espaldas. Clara se sienta de golpe en el suelo, mientras da un desesperado tirón a su mano izquierda. El pulgar cruje, la brida arranca una fina loncha de carne en el canto de la mano y Clara clava los dientes en la mordaza para no gemir. Pero está libre. Se levanta la capucha: el hombre ha salido a la bonita cubierta posterior del yate y sigue de espaldas. Aunque sin duda regresará pronto junto a ella. Clara baja la capucha y se deja caer en el suelo, con las manos detrás, como estaba antes. Intenta calmar su agitada respiración mientras idea un plan. Al poco oye de nuevo los pasos del hombre; se acerca, se aleja, se detiene. Quizá se ha sentado. Ella se remueve sobre el suelo; comienza a emitir un ruido gutural que cada vez es más alarmante, tiene convulsiones. Al instante el matón se inclina sobre ella y le arranca la capucha; Clara eleva el torso y, trayendo su mano derecha desde atrás con todo el ímpetu posible, estrella la base de su palma contra la nariz del hombre, en un impacto que va desde abajo hacia arriba. Los huesos crujen y el tipo se desploma. Es un golpe que puede ser mortal, pero seguro que en esta ocasión no lo ha sido, por la posición en la que se encontraba no ha podido aplicar la suficiente fuerza. No importa, no hace falta matarlo, basta con hacerle perder el sentido. Clara inspecciona sus tobillos, trabados con dobles bridas. No puede abrirlas, tiene que cortarlas. Aún sentada en el suelo, mira con desesperación a su alrededor buscando algo afilado. Se pone de rodillas y se apoya con los codos en el mullido sofá beis que está junto a ella para levantarse. Ya de pie, amaga unos torpes saltitos con las piernas juntas, como un pájaro, hacia una zona que parece servir de bar. Ahí puede que haya algún cuchillo. Pero al tercer salto ve aparecer al otro lado del muelle a Lala Rouge junto a un par de tipos más. Están de regreso, no le da tiempo a liberarse, apenas si le quedan unos segundos. Sólo tiene una posibilidad, y ruega mentalmente a un Dios en el que no cree que su suposición sea correcta. Regresa de dos saltos a donde estaba y levanta el cojín del sofá beis. Y sí, ¡sí!, como suele suceder en los barcos, el asiento oculta un espacio de almacenaje, que, para mayor alivio, sólo guarda unas lonas dobladas y está casi vacío. Clara se arroja dentro de ese arcón, un ataúd de carísima madera, y baja el asiento sobre su cabeza. Justo a tiempo.

—¡Mierda! Pero ¿qué coño...?

Escucha el bramido iracundo de Lala Rouge al descubrir a su hombre en el suelo, inconsciente y con la cara rota, y verificar que ella no está.

—No me digas que se te ha escapado... —dice en francés una seca y dura voz de hombre.

Clara se eriza: es él. Está casi segura de que es él. No se ha fijado en los dos tipos que acompañaban al florista, pero cree reconocer esa voz. Gaston. El guapo Gaston. El jefe de la banda. El asesino de su hermana. El hombre al que lleva meses persiguiendo.

—¡Maldita puta! La voy a destrozar. No puede haber ido muy lejos —mascula el florista—. ¡Y tú levántate, pedazo de inútil!

Se escucha un golpe blando, un quejido: Lala ha debido de patear al tipo que ella ha noqueado.

—¡Un momento, un momento! ¡Yo no quiero saber nada, yo me voy a ir, quedaos con el barco...! —farfulla el abogado, pero nadie parece hacerle caso.

—Tú sí que eres un inútil, Rouge. No sólo has perdido a la chica, sino que además te abres sin decir nada a nadie. Echas a correr dejando todo el negocio empantanado. ¿Qué pasa con la carga del Umut?

—¡No me jodas, Gaston! ¿Vas a arruinarte por perder seis flores? Olvídate del Umut. Hay que irse de aquí cuanto antes. El local está quemado. En cuanto a esa puta de Clara, ahora mismo voy...

Un estallido apagado, como el ruido de un tapón de champán al descorcharse, seguido de un golpe sobre el suelo, algo blando y pesado que se derrumba. Un chillido de varón en un tono muy agudo, un «¡noooo!» apenas formulado que un nuevo taponazo silencia, y otro cuerpo que cae. Medio segundo después, un tercer estallido. Tres disparos con silenciador. Tres muertos: Rouge, el abogado, el tipo al que ella rompió la nariz.

Gaston es aún más peligroso de lo que ella pensaba. Sobrecogida, se aprieta instintivamente contra la parte trasera del arcón. Todavía lleva puesta la mordaza, no ha tenido tiempo de quitársela y ahora no se atreve a mover ni un dedo. A decir verdad, apenas se atreve a respirar. Escucha atentamente: no oye nada. Imagina a Gaston de pie en la amplia cabina, la pistola en la mano, recorriendo lentamente el lugar con la mirada y adivinando que ella está escondida. Sólo le falta descubrir dónde. Se siente desfallecer, pierde el control, un terror niño se le mete en el pecho, oscuros miedos de la infancia, noches negras, una mano de plomo le aprieta el corazón y le impide respirar. Cierra los párpados con fuerza porque no quiere ver el momento en que el hombre levante la tapa de su escondite, está segura de que va a ser descubierta. Entonces percibe el ruido de un motor cercano, un vehículo que arranca. Pasos apresurados hacia la puerta y la voz de Gaston:

—Eh, espera...

Segundos después, el motor se detiene. Pero ahora se oyen sirenas policiales. Sirenas que se aproximan rápidamente hasta ulular aquí mismo, justo al lado, un estruendo que se apaga súbitamente.


Al llegar al muelle que señala el móvil de Clara, que ya no transmite sonido porque la llamada se ha cortado, Ripoll y Zapori se encuentran con una situación dantesca. Delante de la pasarela que lleva a un lujoso yate está una de las furgonetas de la floristería con un tipo muerto derrumbado sobre el volante: un tiro limpio en la sien. Después, dentro del barco, otros tres cadáveres: Rouge y un par de desconocidos.

—Un único disparo a cada uno. Tienen las cabezas reventadas. Un profesional, sin duda alguna —dice el inspector.

Anna asiente, nerviosa. Han venido con la caballería. Ripoll llamó a la comisaría, explicó la situación por encima, pidió refuerzos. Los mossos tuvieron que pasar a buscarlos por la floristería y en eso perdieron algo de tiempo. Ahora Anna le arrebata el móvil a Zapori de un manotazo y, mientras los mossos se ocupan de registrar con cuidado a los cadáveres para ver si llevan documentos y de llamar al juez, ella se concentra en seguir la señal, que conduce hacia uno de los dos grandes sofás adosados a las paredes que hay en la cabina.

—Está ahí —musita, señalando el mueble con la cabeza.

Lo más probable es que se levante el asiento, piensa. Pero no se atreve a estirar la mano y probar. Le espanta la idea de encontrar el cadáver de Clara acurrucado ahí dentro.

De modo que es Zapori quien da un paso adelante y alza el cojín. Y, en efecto, ahí está la chica. Bastante viva, parece.

—¡Clara!

La sacan entre los dos, le quitan la mordaza, le cortan las bridas de los tobillos. Clara se deja hacer, aturdida y temblorosa. Tiene varios golpes en la cara, una mano sangrando, el cuello lacerado por una línea amoratada y una rozadura en carne viva, ahí donde se hincó la cuerda con la que la ahorcaron. Ripoll, sentada junto a ella, le acaricia con delicado mimo las heridas, la punta de sus dedos apenas roza la carne y la levedad del gesto lo convierte en algo muy íntimo. Clara la mira, reprime un sollozo y apoya la cabeza en el cuello de la policía.

—Ya pasó, ya pasó —dice Ripoll, palmeándole la espalda.

Zapori las observa sorprendido e incluso algo molesto, porque se siente excluido. Pero ¿cuándo se han hecho tan amigas estas dos?, se pregunta. Las mujeres se están poniendo insoportables últimamente con todas esas chorradas de la sororidad, rumia para sí, irritado y sarcástico.

Más tranquila ya, Clara se deshace del abrazo.

—Creo que hay un cargamento de mujeres en un barco que se llama Bunut o Umut o algo así —dice.

Y luego se vuelve hacia Zapori.

—Mi hermana... Mi hermana está muerta. La mató Gaston, que es quien ha matado a todos esos. ¿No lo habéis cogido? Estaba aquí hace unos minutos. Yo creo que es el jefe de esta mafia. Mi hermana se enamoró de él sin saber quién era. Nunca la vi así, tan ilusionada, tan cegada. Gaston la convenció de que tú eras un corrupto, de que eras un verdadero miserable, y le pidió que mintiera para que pudieran detenerte. La razón por la que él hizo eso, no la sé. Ella obedeció y luego él la mató. Sé, me lo contó Rouge cuando me secuestró hace unos días, que mi hermana llegó a descubrir que Gaston la había utilizado y que iba a asesinarla. Eso es lo que menos le perdono. Que Sandra muriera con toda esa pena.

Zapori y Ripoll la miran asombrados.

—Veo que has recuperado la memoria... —dice Anna.

—Recuerdo casi todo. O todo, en realidad.

—¿Podrías identificar a Gaston? —pregunta Zapori, que necesita saber con la mayor urgencia por qué ese desconocido es su enemigo.

—Algunos detalles todavía están un poco borrosos. Vi un par de veces a Gaston con mi hermana sin que él lo supiera, y cuando Sandra desapareció me metí con un nombre falso en DominoMer para seguirle los pasos. Él iba bastante por la empresa, pero ahora mismo no consigo recordar su rostro con claridad. Hoy tampoco he podido verlo, yo estaba dentro del arcón, sólo escuché su voz. Pero sé que era él, y creo que si me lo encontrara podría reconocerlo.

Clara calla y se lleva la mano al cuello, ahí donde le arde la herida que ha dejado la cuerda.

La escoriación es clara, puede palpar su doloroso reborde con los dedos. Una marca en el cuerpo. Una marca más. Esos cuerpos escritos por la vida. Como el cuerpo de su madre, señalado por las drogas y el maltrato. Como las cicatrices de Sandra. Como la huella de las quemaduras que ella misma se hizo.

—Tengo que enseñaros algo —dice Clara.

Y se levanta, inspecciona la cabina, encuentra la puerta que lleva a un lujoso baño en el que entra, seguida por los intrigados inspectores, que la observan rebuscar en los armarios.

El cambio del sistema informático de DominoMer le llevó a Clara varias semanas. En la empresa querían alcanzar un nivel inviolable de encriptación y ella lo hizo tan bien que diseñó una bóveda secreta a la que ni siquiera ella tenía acceso, porque los códigos cambiaban aleatoriamente cada hora. Por eso anoche no había podido alcanzar ese nivel cuando entró en los archivos de DominoMer. La red de ordenadores implicados estaba dentro de una sala que se mantenía bajo llave; cuando Clara hacía su trabajo, en el cuarto siempre había un tipo armado y, lo que era peor, un hombre sentado junto a ella con suficientes conocimientos de informática como para comprobar que no hacía copias ni derivaba datos. Un día Clara se topó con un documento en apariencia anodino que tan sólo contenía una veintena de líneas numéricas y tuvo la intuición de que podían tratarse de cuentas bancarias. Comprobó lo acertado de su presunción cuando memorizó una de las líneas y, ya en su casa, consiguió rastrearla hasta un banco en Amán e incluso hasta la identidad de su propietario, un nombre de raíces árabes que no le decía nada. Tras ese descubrimiento, y convencida de que había encontrado las cuentas de los integrantes de la red, Clara procuraba abrir todos los días el archivo durante unos segundos, lo suficiente para poder aprender de memoria el número de una cuenta, o quizá dos. Después, cuando salía del trabajo, cambiando de itinerario cada día y cuidando de no ser seguida, Clara se desplazaba hasta el otro extremo de la ciudad para conseguir que ese número fijado momentáneamente por su memoria efímera se quedara grabado de manera segura y permanente.

—Pero ¿qué quieres que veamos? —se impacienta Zapori.

Clara no contesta. Al parecer ya ha encontrado las herramientas que buscaba. Se coloca frente al espejo y empieza a cortarse el cabello con unas tijeras, rápida y descuidadamente, con grandes trasquilones, muy a ras de piel. Luego agarra una maquinilla de afeitar y se la pasa por el cráneo una y otra vez, hasta acabar con la cabeza monda. Hasta dejar a la vista dos decenas de líneas de números tatuados en su cuero cabelludo.

—Son las cuentas bancarias de los miembros de la organización —dice Clara mientras Ripoll y Zapori la miran boquiabiertos—. Pero yo quería encontrar a mi hermana, aún no sabía que estaba muerta, y cometí el error de amenazar a DominoMer con denunciar la identidad de sus colaboradores a la policía si no me devolvían a Sandra. Como prueba les facilité el nombre de uno de los titulares de las cuentas, que había conseguido localizar jaqueando el banco. Subestimé la fuerza y ferocidad de esta gentuza.

Mientras duró la pesadilla de los últimos meses, sus perseguidores nunca llegaron a saber, ni en la febril huida, ni en las semanas que pasó escondida, y ni siquiera en el terror de cuando fue atrapada, que la lista la llevaba grabada en su piel. Ahora se alegra de su decisión y de sus visitas diarias a ese tatuador de un barrio lejano que pensaba que estaba chiflada. Podría haber intentado copiar y ocultar los datos en la *deep web*, pero eso siempre conlleva un riesgo. Y además Clara siente que se lo debía a su madre y a Sandra, a todas esas mujeres con los cuerpos marcados y humillados por los proxenetas, esos cuerpos víctimas que ella ahora redime con su piel vengadora. La impotencia de las quemaduras que se infligió a sí misma queda compensada ahora con el poder de esta escritura en la carne. Yo soy la bala que acabará con ellos, se dice, orgullosa.

## 8. El MV Umut

Anna Ripoll pasa su dedo con suavidad por el cráneo de Clara. Le va leyendo a Zapori cifra tras cifra. Clara, ante la caricia, mantiene los ojos cerrados. Los dedos de Anna parecen calmarla, anestesiarla. O quizá es que se encuentra agotada.

Erik Zapori anota en su cuaderno las cuentas bancarias de los miembros de la red —o de una parte de ellos—. Es una información trascendental, debería estar contento, pero el jueguecito de Ripoll le pone realmente de los nervios. Anna parece estar burlándose de él, pasando sus dedos por el cráneo afeitado de la joven, que parece tan frágil así, junto a la agente, mientras un enfermero termina de vendarle la mano.

—Siete, nueve, C de cabrón, o de corrupto, otro nueve...

—Te lo estás pasando genial, Ripoll.

—No pierdas el hilo, Zapori, no tenemos todo el día. Sobre todo tú.

Y de nuevo esa mirada provocadora clavada en él, mientras Ripoll continúa acariciando a Clara, ahora en la cara. Clara, bajo los efectos de la inyección que le han puesto para atenuar el dolor, no reacciona.

La patada que le dio está olvidada. La joven, por imprevisible que sea, lo conmueve. Y eso le inquieta, como le inquietaba la actitud de su hermana. Quizá hasta el punto de provocar su caída. Son mis dedos los que deberían recorrer esa piel, se dice de pronto, y al momento se ríe de sí mismo. Te estás ablandando, Zapori, como sigas así vas a hacer un ridículo espantoso.

Le saca de sus reflexiones la vibración del teléfono. Fachelle. Cómo no, otra vez el lameculos de Falafel. Acaba de aterrizar en Barcelona, pregunta por la dirección que debe darle al taxista.

A Zapori le encantaría mandarlo a pastar al otro lado de la ciudad. Está a punto de gritar, para que lo oiga por encima del ruido de un avión que despega, pero cambia rápidamente de opinión. Si Falafel trabaja en secreto para asuntos internos, tenerlo aún más en contra no es una buena idea. Todavía en sordina por el ruido de los aviones, Fachelle aprovecha el silencio de Zapori para preguntar por la situación. ¿Han encontrado a la chica del contenedor? A Vortard le preocupa que no haya noticias cuando encima lo están presionando. Zapori está a punto de contarle lo de las muertes una detrás de otra, pero se contiene. Por intuición. Tiene que partir del principio de que Falafel trabaja en secreto para asuntos internos y ha venido a Barcelona para acelerar su caída. Así que debe seguir ganando tiempo.

Mientras continúan curando a Clara, Anna Ripoll da órdenes a los inspectores de la brigada financiera que acaban de llegar. Empiezan a investigar las cuentas bancarias al tiempo que la policía científica trabaja sobre las huellas de las víctimas de la carnicería. Zapori está empezando a mirar a Ripoll de otra manera. Ha movilizado fuerzas importantes, cuando no la creía capaz de ello. Tal vez se le escapa algo. Y eso también le jode.

Le da a Falafel la dirección del escenario de los crímenes, en el Port Vell, y cuelga, preocupado. El cerco se va cerrando. Sin solución. El florista era el único hilo del que tirar y siguen sin descifrar el código de las flores, aunque hay muchas posibilidades de que sean las víctimas de trata. Zapori tiene menos de una hora antes de la llegada de Falafel.


A su pesar, deja a las dos mujeres, convencido de que debe volver a la floristería. Ha conseguido un coche con un policía de la brigada financiera.

Desde el vehículo, llama a Gignac.

—Tengo la sensación de que Falafel trabaja para los de asuntos internos. Eso explicaría muchas cosas, ¿no?

Silencio al otro lado.

—¿Y se arriesgaría a hacer una investigación sobre DominoMer en solitario, sin decírselo a nadie? —replica Gignac—. Eso no encaja con el perfil de un poli que está buscando que lo miren bien desde las altas esferas y actuar de forma irreprochable... O eso, o ya no entiendo nada.

—Pues eso creo yo, que no entiendes nada. Escucha, se acaba el tiempo. Vuelve a su mesa y coge el puto informe que tiene sobre mí en el cajón de abajo. Tiene que contener algo sobre lo que supuestamente dijo de mí mi informadora, una pista, cualquier cosa. Y quizá hasta encuentres cosas que nos haya ocultado sobre Gaston.

Gignac permanece unos segundos en silencio antes de seguir.

—¿Dices que ha aterrizado a las siete? Pero si se marchó de aquí a la hora de comer, ¿no? No tarda tanto el avión de Lyon a Barcelona...

—Tengo que colgar, Gignac. El cajón, Gignac, el cajón...


Zapori y el joven mosso de la brigada financiera, Luis, acaban de llegar a la zona franca del puerto. No hay coches, ni delante ni detrás. Gaston no ha venido. O quizá no ha llegado todavía. O se ha marchado.

El mosso y Zapori avanzan lentamente hacia la tienda, arma en mano. Una brisa levanta una mezcla de polvo y tierra, envolviéndolos en el olor intenso de la basura apilada al otro lado del solar.

Zapori ordena a Luis que vigile los alrededores y se dirige hacia la caja. Montones de papeles, de facturas, de impresos, de pedidos. ¿Habrá algo que sobresalga? Fuerza la caja. El dinero sigue allí. El florista se marchó a toda prisa. Así que Zapori tiene posibilidades de encontrar lo que busca. Va examinando uno a uno todos los documentos. Su instinto le dice que aquel hombre guardaba todo ahí, porque todo pretendía aparentar normalidad, con ese código oculto tras las flores. No había necesidad de guardar papeles en una caja fuerte en el banco. Está aquí. Tiene que estar aquí. Debe encontrarlo antes de que llegue Falafel y tome el relevo de la investigación. En cuanto aparezca ese cretino, Zapori se va a quedar sin argumentos para seguir en Barcelona, tendrá que volver de inmediato a Lyon y enfrentarse con los de asuntos internos. Vortard ha sido muy claro con eso.

Termina por encontrar la carpeta que esperaba, marcada como MUNDIFLORA. Sabe lo que está buscando. Pedidos que hablen de rosas, de hortensias, de claveles, de margaritas. Encuentra siete, mezclados con los demás, los despliega junto a la caja. El primero data de enero de 2022. El último, de marzo de 2023. Los pedidos varían, pero siempre tienen que ver con esos cuatro tipos de flores, y no otras. El destinatario también varía. Busca una referencia que pueda indicar la «entrega» de Clara, un pedido con una sola flor. Acaba encontrando un encargo que podría encajar. Una margarita. Mira la última orden de compra, con fecha de tres semanas atrás. No encaja. Clara habló de un pedido en curso. Las mujeres no podrían aguantar tres semanas en un contenedor, eso ya no encaja.

Vuelve a coger la hoja. El último registro menciona un pedido de tres hortensias. Un número de pedido, un número de teléfono, el nombre de un destinatario, Rafael Tiraffeit, y su dirección. Llama al mosso de la brigada financiera, que entra en la tienda.

—Tiraffeit no es un apellido muy corriente, ¿verdad? ¿De dónde es?

El agente se encoge de hombros. Se pone a buscarlo en el móvil. Rafael Tiraffeit no existe. La dirección tampoco. El mosso se queda intrigado.

—Vamos a verificar los demás destinatarios de los últimos albaranes.

Esteban Tarobidamp, cuatro rosas. Tampoco hay nada. Diego Terikaucs, cinco margaritas. Nada.

Luis se vuelve hacia Zapori. El tipo es joven. No le divierte pasearse con un arma en la mano, no entró en la financiera para eso. Va al coche a coger su ordenador y empieza a buscar con más intensidad. Zapori tiene la impresión de estar viendo de nuevo a Clara en trance cuando se internaba en el sistema informático de Domino-Mer. Se inclina por encima del hombro del poli español. Está probando varias combinaciones a partir de los datos inscritos en los albaranes, números de factura, fechas, nombres, hasta el número de flores. Rebusca en Google y en la intranet de la policía, hasta en la del puerto, a la que tiene acceso, aunque confiesa con un guiño que no debería hacerlo sin permiso. Zapori no entiende gran cosa, pero el mosso parece tan concentrado que no se atreve a preguntarle nada. Mira a su alrededor. Clavado con una chincheta al lado de la caja, ve un pedido que parece igual a los demás. El logo de Mundiflora está tapado con un pósits. La fecha es de dos días atrás. Un pedido de seis hortensias.


A Anna Ripoll le hierve la sangre. Parecía que pasaba de Zapori, que a veces se hace el gallito con ella y con Clara, pero le hierve la sangre. No puede quitarse de la cabeza esas seis flores, ese misterioso cargamento a bordo del Umut. Camina y camina, da vueltas y vueltas. Ha localizado fácilmente el MV Umut en la aplicación Marine-Traffic. Está en Porta d'Europa, el puerto de contenedores que está a tres kilómetros de allí.

Allí donde empezó todo.

Pero ahora tiene que encontrar la forma de abordarlo. Hay varios asesinos en libertad. Antes de sumergirse en el sopor causado por la inyección, Clara casi le había suplicado: tenían que ir al puerto enseguida. «¡Buscad las flores!».

Tiene razón, pero, si ya han descargado el contenedor, no van a saber dónde buscar.

¿Debe rezar para que Zapori encuentre algo en la tienda? Anna niega con la cabeza. Mira a sus inspectores de la financiera. ¿Y rezar por ellos? ¿O por Clara, por que recupere la memoria? La joven ya está saliendo de su aturdimiento, el efecto de los calmantes ha pasado, basta con ver su mirada, su determinación. ¿Estarán surgiendo nuevos hilos de los que tirar en su memoria? Ojalá.

La inspectora avanza hacia la joven. ¿Están ya perdidas esas seis flores, en un burdel, o permanecen todavía en un contenedor, en el mar o dentro del Umut, a unos pocos kilómetros de aquí? ¿O ya están muertas? Se dispone a interrogar a Clara cuando uno de los policías de la brigada financiera llama su atención.

—Era una trama bastante elaborada, con cuentas intermediarias en distintos paraísos fiscales, pero gracias a los tatuajes...

Clara se acerca, tensa.

—... por ahora hemos podido remontar hasta dos personas que se han beneficiado de transferencias procedentes de Lyon. Una, un responsable del puerto de Barcelona. Ignoramos todavía cuál ha sido exactamente su papel.

—¿Y la otra?

El inspector gira su ordenador para mostrárselo a Anna, que se queda con la boca abierta.

—¡¡¡Qué hijo de puta!!!

Se vuelve hacia Clara.

—Un compañero de promoción. Y adivina qué. Es uno de los ayudantes del comisario responsable de la policía del puerto. ¡Qué cabrones! ¡Normal que consigan meter un contenedor sin que aparezca en los registros!

Mira a Clara. Las dos se entienden enseguida y Ripoll asiente con la cabeza. A su lado, los policías esperan órdenes. El cabreo es general. Basta una señal de Anna. Suben a los coches. Dos agentes se quedan para vigilar la escena del crimen. El puerto de contenedores está sólo a tres kilómetros. Quizá tres kilómetros demasiado largos para seis flores.


Luis continúa, más concentrado si cabe ahora que Zapori ha encontrado el pedido de las seis hortensias, que con toda probabilidad es el del MV Umut. No para de tomar notas, como si tuviera algo, así que Zapori sigue sin atreverse a interrumpirle. Piensa. Fachelle acaba de llamarle, molesto. No ha encontrado a nadie en Port Vell, aparte de dos policías cerriles que se han negado a decirle nada. Ese idiota de Falafel no deja de recordarle que Vortard se está impacientando. Anna Ripoll le ha avisado por mensaje de móvil de que se dirigía al puerto de contenedores, pero, al no estar él mismo en el lugar, Zapori duda si enviar a Falafel para allá. Le dice que espere en Port Vell, no tardará mucho.

Luis le hace una seña.

—Lo que estamos buscando es un contenedor, ¿verdad? El único que hemos identificado es en el que encontramos a Clara. Ustedes encontraron la empresa que envió el contenedor gracias a las tres letras de su número de identificación, LDM, seguidas de la U que se usa para todos los contenedores. Cada contenedor tiene después seis cifras de matrícula, más otra cifra única que sirve de control. Ahora, mire esto...

El mosso apunta con el bolígrafo una referencia, LDMU 564891, seguida de un 5 en un recuadro, que ha garabateado en una hoja.

—Es el contenedor donde encontraron a Clara. Y mire aquí. Entre los documentos que Clara pudo descargar de la web de DominoMer está esta lista de referencias. Números ISO que indican los niveles de certificación de la empresa DominoMer. Nadie mira nunca estas referencias. A menos que estés en la brigada financiera.

El joven mosso sonríe ampliamente. Pero Zapori se impacienta. El otro prosigue, algo molesto.

—Estas referencias ISO son falsas. Pero no las cifras. Compare los números de pedido...

La evidencia salta a los ojos de Zapori. El número ISO de la web es el mismo que aparece en el pedido de flores, que se corresponde a su vez con el número del contenedor.

—Luego los nombres. Nombres falsos, direcciones falsas. Pero, como ya dijo usted, son apellidos que parecen un poco raros. El caso es que los nombres, en fin..., a mí se me dan mejor los números. Los números de teléfono también son falsos. Pero por una cuestión de principios también los he analizado, no me gusta que las cifras se me resistan, o peor, que no sirvan para nada, es un insulto a la inteligencia. He pensado: esos contenedores tienen que salir de alguna parte antes de llegar aquí con su cargamento de chicas. Y entonces, mire, el último pedido, el de las seis flores que en principio se corresponden con el navío Umut, si hacemos caso a lo que oyó Clara...

Zapori coge una silla y se acerca al mosso, que parece halagado por el interés.

—Un navío se identifica por su número IMO, siete cifras. El MV Umut tiene el número 9292441.

—Joder, el final del número de teléfono del destinatario del pedido de Mundiflora.

—Exacto. Así que ahora, en este albarán, tenemos el número de prostitutas enviadas, con las flores, el número IMO del barco gracias al teléfono, el del contenedor gracias al número de pedido. ¿Qué nos faltaría?

Zapori está a punto de gritarle al chico, pero se aguanta.

—El destino es Barcelona. Falta el puerto donde han sido embarcadas las chicas. ¿Entonces?

—Ahí patino. Tengo la certeza de que está en esos apellidos raros, demasiado raros para ser trigo limpio. Pero lo mío son más bien las cifras...

Zapori se pone a descifrar los apellidos de los destinatarios de los siete contenedores en las órdenes dispuestas unas al lado de las otras.

—Todos empiezan por T —observa Zapori tras un largo silencio—. Y todos tienen el mismo número de letras, diez. Pero la carga del Umut está destinada a Esteban Tarobidamp, que es también destinatario de otro contenedor en julio de 2022. Aunque con otro teléfono, lo que significa que es otro navío. ¿A qué barco pertenece ese número?

El mosso realiza una búsqueda rápida.

—Al MV Süpriz. Turco.

Zapori levanta la mano en el momento en que su teléfono vuelve a sonar. Otra vez el cabrón de Falafel.

—Empiezo a creer que me estás poniendo trabas, Zapori. Estoy en Port Vell y aquí no hay nadie. Además, Vortard me está pidiendo cuentas y se queja de que no le respondes.

El tono es amenazador. Y es cierto que ya no le está contestando a su jefe. Debe de estar subiéndose por las paredes.

—Todo el mundo se ha marchado al puerto de contenedores. Nos vemos allí. Si llegas antes que yo, pregunta por la inspectora Anna Ripoll.

—¿Y la chica del contenedor?

—Están juntas —murmura Zapori.

Cuelga. Avisa a Anna por mensaje de la llegada de Falafel. Se fija en la mirada atenta de Luis. Retoma su razonamiento, azuzado por el mal humor.

Apellidos. Apellidos raros, pero no tanto si entramos en la lógica del tipo que inventó esos códigos. Los apellidos indican un destino, una ciudad o un puerto. Los puertos tienen un código, como los aeropuertos. Pero códigos de cinco letras, los apellidos tienen diez. Zapori le quita el bolígrafo de la mano al mosso y anota. Una letra de cada dos. El mosso comprende de inmediato y empieza a buscar. Tarobidamp se corresponde con TRBDM, el pequeño puerto turco de Bandirma, en el mar de Mármara. Seguramente un puerto discreto, en el que uno puede embarcar sin demasiados problemas un contenedor lleno de chicas aletargadas.

El tiempo se ha nublado, ha caído la noche, pero el puerto de contenedores está violentamente alumbrado por los focos. Más allá de la valla que rodea la zona portuaria, Anna Ripoll puede ver el MV Umut, inmenso, cargado de centenares de contenedores en varios pisos. A apenas doscientos metros, pero la barrera de entrada del maldito puerto permanece cerrada por la noche.

Ripoll duda. No sabe dónde se está metiendo. Está claro que parte de la dirección del puerto es corrupta. También parte de la policía. No puede simplemente descolgar el teléfono y llamar para que le abran.

Baja del coche. Clara abre también la puerta, pero Anna le ordena que se quede dentro.

—No es necesario asustar a los guardias.

Se acerca a la puerta. Al otro lado, un guardia del turno de noche sale de su garita.

—Policía —empieza a decir Anna, consciente de que no puede confiar en nadie en el puerto—. Tengo que registrar urgentemente un navío, es estrictamente confidencial y...

—Usted no va a registrar nada, y menos en plena noche —corta de inmediato el guardia—. Existe una brigada especial de policía que trabaja en el puerto. Debería usted saberlo.

Anna se dispone a jugar la carta de la seducción, a suplicar, cuando su teléfono suena. Un mensaje de Zapori. ¡El número de matrícula del contenedor de las seis hortensias! No sabe cómo lo ha hecho, pero la sensación de urgencia se multiplica.

—Escuche —dice de pronto enfadada, con tono autoritario—, puede que haya gente en peligro y..., y... No puedo decirle más, pero, pero lo puedo detener por obstrucción si..., si...

De pronto, una perra sale de la garita por la puerta, que ha dejado abierta. Gruñe a Anna. El guardia se cruza de brazos con terquedad.

—Se lo advierto, antes era perro de presa. ¡Una palabra mía y le salta a la garganta!

La perra se queda quieta a su lado, pero de golpe su gruñido cambia a un gemido. El guardia pone cara de sorpresa, y después de desconfianza.

La perra avanza rápidamente hacia la puerta y empieza a ladrar, agitando la cola.

—¿Qué leches pasa? —balbucea el guardia.

Clara baja del coche. La perra le salta encima. El guardia grita:

—¡Julieta! ¡Aquí!

Sin embargo, la perra ha perdido toda agresividad. Al contrario, intenta lamerle el rostro.

—¡Pero bueno! —exclama el guardia segundos después—. ¡La muchacha del contenedor!

Se le saltan las lágrimas y empieza a darle explicaciones a Anna Ripoll.

—Fue Julieta la que descubrió a la chica. ¡Qué fuerte!... Pero ¿qué hace aquí?

—Seguramente haya otras chicas, en este mismo momento, en ese barco, o entre el cargamento que han desembarcado —dice Ripoll señalando con el dedo el MV Umut—. En todo caso, debemos asegurarnos, y sólo usted puede ayudarnos, porque la mitad de los responsables del puerto están implicados.

Ferran, el guardia, duda un segundo. Mira a Clara, a Julieta, que están celebrando el reencuentro. Julieta no se ha equivocado nunca. Ferran le hace un gesto con la cabeza a la inspectora. Le dice que no han descargado todavía ningún contenedor. Después sube la barrera.

A lo lejos, los faros de un taxi se acercan.

Zapori se arrepiente de haber enviado a Fachelle al puerto de contenedores. Lo ha mandado junto a la hermana de la persona que ha causado su ruina. Quizá logre convencerla para empeorar su declaración. Está a punto de avisar a Ripoll para que no deje que hable a solas con Clara, pero en ese momento recibe una llamada de Gignac.

—¿Dónde estás?

—De camino al puerto, donde debe de estar a punto de llegar Falafel. La suerte está echada, mi pobre Gignac. Espero que mi mierda no salpique demasiado.

—Cierra la boca, Zapori, y escúchame en lugar de lloriquear. He forzado el puto cajón de Fachelle. He encontrado el puto informe sobre ti. La Cécile esa, o Sandra, o como quiera que se llame, te metió en un buen marrón, de eso no hay duda. ¡Si hay incluso documentos y fotos que no estaban siquiera en el informe oficial de acusación contra ti! Una serie de fotos en las que apareces con el proxeneta de Cécile, entre otros. He consultado tu informe, con la autorización de Vortard. Pues bien, parece ser que los de asuntos internos sólo tienen una parte de ese informe, comparado con lo que Fachelle tiene sobre ti... Como si fuese él quien hubiese montado el caso y hubiese entregado las pruebas principales a asuntos internos, pero por intermediación de la tal Cécile.

Zapori encaja el golpe.

—¿Te das cuenta de lo que significa lo que estás diciendo...?

—No me doy cuenta de nada —responde Gignac—. Todavía no he terminado. En el mismo cajón he encontrado la llave de un candado. Uno de esos que se usan en los vestuarios. Los he probado todos, sobre todo en las taquillas sin marcar. Funcionaba en una del antiguo vestuario del gimnasio que hay en el pabellón. He encontrado un par de botas de cowboy y una cazadora en una bolsa de deporte.

—¡¿Gaston?!

—Nos la ha jugado, Zapori. A todos. Cuando he descubierto eso, hace veinte minutos, he llamado enseguida a un colega que tengo en la policía del aeropuerto de Lyon. Contrariamente a lo que afirma Fachelle, no ha cogido el avión que llegaba a las siete de la tarde, aunque también compró un billete para ese, sino el que llegaba a las tres.

Los dos hombres se quedan en silencio, hasta que Zapori lo rompe.

—Eso significa que ha tenido tiempo de llegar a Port Vell, de cargarse a todo el mundo y de volver al aeropuerto para fingir que acababa de llegar en el vuelo de las 19.00. Y a mí, como un imbécil, me ha bastado el ruido de fondo de un avión para bajar la guardia... Y acabo de mandarlo directo a Clara.

Zapori cuelga. Llama a Anna Ripoll. No contesta. Lo vuelve a intentar. Nada. Otra vez, otra vez, otra vez. ¡¡¡Jodeeeeerrrr!!! Quinientos metros delante de él, al final de la carretera que lleva al puerto de contenedores, ve las luces de freno de un taxi que acaba de detenerse delante de la entrada principal.

El coche de Anna Ripoll avanza lentamente y aparca detrás de una fila de contenedores. Clara y ella bajan. Se les unen Ferran y Julieta. A diferencia de otros barcos, el MV Umut está sumido en la penumbra. Los dos policías de la brigada financiera se quedan vigilando al pie del navío, los demás permanecen trabajando en la garita de Ferran, estudiando el papeleo. Anna pasa el número de contenedor a Clara y a Ferran. No hay nadie a la vista en el barco. Entran por la chirriante pasarela. La embarcación está en mal estado. Anna se vuelve un instante al oír ruidos de pasos en el muelle. Un hombre atractivo avanza hacia ellos. Debe de ser el guapito que viene de Lyon. Anna, que había puesto su móvil en silencio, ve que Zapori ha intentado llamarla cinco veces. No tiene tiempo. Ya están en el barco. Hay que avanzar en silencio. De pronto, Clara sale corriendo, deteniéndose delante de cada contenedor, comprobando el número, pasando luego al siguiente, echando a correr de nuevo. Anna y Ferran parten en otra dirección.

Un nuevo ruido procedente del muelle, más pasos, esta vez rápidos. Reconoce la silueta de Zapori. No sabía que fuera capaz de correr. Otro hombre corre a su lado, parándose a menudo para esperarle. Ya nos alcanzarán, decide Anna, y continúa su inspección, alumbrando los números de los contenedores con la linterna.

El avance es lento. El navío parece crujir por todas partes. Nadie habla, se escucha el ruido de las olas golpeando el casco, algunos graznidos de gaviotas, música a lo lejos, chirridos.

¿Dónde ha ido a parar?, se pregunta Anna. ¿La tripulación está a bordo? ¿Será hostil?

Está haciéndose esas preguntas cuando suena un grito terrible que le hiela la sangre. Un grito de desesperación, que rebota de contenedor en contenedor, recorre el barco y se transforma en un grito de rabia. Se oyen golpes sordos contra el metal, no muy lejos. Vuelven los gritos. Los gritos de Clara.

Guiados por su voz, Anna y Ferran llegan hasta la joven. Está arrodillada, agotada, delante de un contenedor que se encuentra en una parte iluminada del barco. Tiene los puños ensangrentados. Anna comprueba que se trata efectivamente del contenedor de las hortensias. Siente un nudo en el estómago. Ella también empieza a golpear la pared del contenedor, apoya la oreja contra el metal. Nada. O quizá... No, ¿qué? Ferran trae unos alicates enormes. Clara se levanta de golpe, le arranca la herramienta de las manos. Anna le hace un gesto a Ferran para que la deje hacer. Clara se tensa, maldice, blasfema, lo intenta varias veces, rechaza la ayuda de Ferran y por fin consigue hacer saltar el candado. Un ruido metálico brutal que se mezcla con el eco de varios disparos.

La primera bala impacta de lleno en Zapori, en el pecho, cortándole la respiración. La segunda le destroza el hombro. Se tambalea, deja caer la pistola, el dolor le invade por oleadas.

Luis, a su lado, está paralizado. Levanta las manos.

Voy a morir, piensa Zapori. Está lo suficientemente consciente como para darse cuenta de que la primera bala probablemente no ha tocado ningún órgano vital, que puede que haya vuelto a salir. Quizá no vaya a morir enseguida. Fachelle sale de entre las sombras y avanza para recoger su arma y coger la de Luis. Actúa de forma tranquila, metódica, con las manos enguantadas. Zapori respira con dificultad, le duele, y se pregunta por qué no le remata.

Fachelle mira al policía español, le lanza la pistola con la que ha disparado a Zapori. Luis la atrapa en un acto reflejo, la coge y apunta hacia Fachelle, temblando. Fachelle levanta el arma de Zapori hacia el joven español y lo abate con varios balazos en la cabeza. Se acerca a Zapori y dispara varias veces contra los contenedores, como si Zapori hubiese disparado a Fachelle.

—Llamaré en unos minutos. Pero vas a morir en lo que tarden en llegar los mossos. No te preocupes, que yo me encargaré de contar lo que ha pasado. Un poli francés, corrupto, buscado, acorralado, mata primero a una policía española, Anna Ripoll. Mata también a la hermana de su denunciante para impedir que hable. Todavía no sé si matas también a las seis putas que llegan de Turquía, depende del estado en que se encuentren, de si pueden servir todavía en el mercado. En todo caso, después, ese poli corrupto intenta disparar al compañero francés que ha venido a detenerle. Un policía español dispara al sospechoso, le hiere, pero el sospechoso lo mata. Fachelle, para servirte, salta sobre el sospechoso y lo neutraliza. Trágico, magnífico. Los polis españoles serán condecorados a título póstumo, me comprometo a ello.

—No te vas a librar, Fachelle. Gignac ha encontrado el informe en tu cajón, las botas de cowboy en tu taquilla. Quizá yo muera, pero tú te vas a pasar la vida en el trullo.

—Eres patético, Zapori. Como lo era tu pobre informante. Se creyó de verdad que yo iba a salvarla de la prostitución. Era conmovedor verla creer en la gran historia de amor. Qué quieres que te diga, van a encontrar las huellas de Gignac repartidas por ahí y ese cuento del informe y las botas no va a servir de mucho. Además, todo el mundo en la comisaría sabía que tenías una relación a veces tensa con Gignac, ¿verdad?

—Cabrón...

Se retuerce de dolor, está cansado. Fachelle no puede librarse así.

—De todas formas, tengo que darte las gracias. Gracias a tu muerte mi carrera va a acelerarse. Claro que tendré que reconstruir mi red, pero nunca falta gente dispuesta, si se le paga bien. Espero que no te moleste que te ponga las esposas. Buenas noches, Zapori...

La segunda tanda de disparos deja a todo el mundo paralizado. Proceden del mismo sitio, aparentemente del otro lado del barco. Después vuelve el silencio. Anna sostiene su Heckler & Koch en la mano. Pero las miradas convergen de nuevo en Clara.

Abre lentamente la puerta derecha del contenedor. Duda. Todo el mundo calla. Anna llega a su altura, le pone la mano en el hombro y la aparta con suavidad. Enciende la linterna y entra en el contenedor, seguida de Ferran y su perra. El olor es repugnante. Es aún peor de lo que temía. Las seis jóvenes están encadenadas. Parecen en shock, aterradas, Anna no sabría explicarlo. ¿Cuántos días habrán pasado allí, convencidas de que iban a morir? Por el suelo hay esparcidos restos de comida. Anna les habla con suavidad, les explica quién es mientras Ferran, temblando de emoción, las libera con los alicates. Las chicas no responden. Julieta, la perra, gime inquieta. Una de las chicas se detiene para mirar a Anna directamente a los ojos. La policía termina bajando la mirada, con un nudo en el estómago, reteniendo las lágrimas. No es ella la víctima. Tiende la mano a la joven, que duda, la toma, la chica empieza a llorar y se echa en sus brazos. La policía está desconcertada. Las demás prisioneras se acercan también a abrazarlas, permanecen así un buen rato. Anna se fija en Clara, que está observando la escena. La superviviente tiene una expresión sombría, con la mandíbula apretada y una impresionante frialdad en la mirada. ¿Tenía acaso la vana esperanza de encontrar a su hermana entre esas pobres flores marchitas?

Un hombre aparece detrás de Clara. Sostiene un arma. La levanta en el aire con un gesto tranquilizador. Anna lo reconoce. El guapito de Lyon. El de la foto, que había hecho que Clara se inquietara. Clara sigue los ojos de la agente, se vuelve. Su gesto cambia, tendría que recordar algo, pero su memoria no se ha recuperado por completo. ¿Qué está pasando por su cabeza?

—Es usted Fachelle, ¿verdad? Siento recibirle en estas circunstancias, pero llega en buen momento. ¿Ha visto a su compañero Zapori? Venía detrás de usted.

El policía francés saluda con la cabeza, la sonrisa amplia, no baja su arma. Mira a su alrededor y se lleva el índice a la boca para pedir silencio.

Las está avisando de una amenaza, ¿cuál? ¿Y dónde demonios está Zapori? La tensión aumenta.

—Zapori es un policía corrupto que había organizado una red de trata de prostitutas en Lyon. He venido a detenerle. Ha matado a un compañero suyo y ha intentado dispararme.

Anna, atónita, está a punto de responder cuando capta la reacción de Clara, presa de una repentina iluminación.

—¡Esta voz! ¡Eres tú! ¡Ahora lo recuerdo todo!

—Bueno, cálmese, señorita.

—¡Tú has matado a esos hombres en el yate! ¡Reconozco tu voz! ¡Tú engañaste a mi hermana! ¡Tú la mataste!

Fachelle apunta a Clara con su pistola. Le ha cambiado la cara.

—Quédense donde están.

—Fachelle, baje esa arma y mejor explíqueme qué es lo que...

El arma de Fachelle gira. Dispara al puño de Anna, que sostiene la Heckler & Koch. La policía grita de dolor y se derrumba. Su arma se pierde de vista. Fachelle apunta de nuevo a Clara. Las seis chicas están en un rincón, se abrazan unas a otras, aterradas de nuevo. Anna siente que está a punto de desmayarse, pero aguanta. Lanza una rápida mirada hacia el contenedor. Ferran y su perra permanecen ocultos en el interior.

—La putita de tu hermana... Casi hubiese podido salvarla.

Una tormenta atraviesa la mente de Clara. Se agarra la cabeza. Todo es una pesadilla.

—¿La puta de mi hermana? —Clara, a pesar de la situación, se echa a reír. Una risa oscura, trágica—. ¿Quieres saber por qué trabajaba de puta, como tú dices?

—Para pagar tus estudios y sacarte de la miseria. Tienes mala conciencia, ¿verdad? —se burla Fachelle, mientras apunta con su pistola a las dos mujeres.

La voz de Clara suena ahora con una frialdad metálica.

—Se prostituyó porque nuestra madre se prostituía. Lo hizo para que nuestra madre sintiese menos vergüenza. Para compartir su cruz. Pero tú eso nunca podrás entenderlo.

Fachelle está a punto de responder cuando oye un chasquido.

—¡Baja el arma, Fachelle!

Surgiendo de la esquina de un contenedor, Zapori, agotado, ensangrentado, sucio, ha trepado hasta allí, esposado, sostiene como puede la Heckler & Koch de Anna y apunta a Fachelle. El rostro de este es pura sorpresa. Un instante de desconcierto, uno sólo, que Clara aprovecha para realizar una acrobacia espectacular y aterrizar con los pies por delante en la cara de Fachelle. El golpe es violento. Fachelle no ha soltado todavía el arma. Dispara, pero la bala se pierde. Se levanta a la vez que ella. Zapori, débil, no es capaz de apuntar, todo sucede demasiado deprisa. Fachelle dirige de nuevo la pistola hacia ella, va a disparar, Clara se tira sobre él, suena un disparo. Clara recibe la bala en el vientre y cae con Fachelle en el interior del contenedor.

Desde el interior del contenedor, la puerta se cierra. Ferran. Ahora la oscuridad dentro debe de ser total. ¿Qué está pasando? Se oye una sola palabra, una orden.

—¡Ataca!

Pasan apenas unos pocos segundos. En el exterior, Zapori y Anna, impotentes, heridos, oyen gritos, un disparo, gritos de nuevo, gruñidos. Después se hace el silencio.

Unos segundos más y la puerta del contenedor se abre.

Clara aparece la primera. Con la mano en el vientre, sostiene a Ferran, herido en el muslo, para ayudarle a salir.

Julieta, la pastora alemana, aparece tras ellos. Los ojos ardientes. La mandíbula llena de sangre.

# Epílogo

Media hora más tarde, el puerto de contenedores, lleno de focos encendidos y luces de ambulancias y vehículos policiales, parece una verbena. El personal médico ha estabilizado a los heridos, a los que está a punto de trasladar al Hospital Clínic i Provincial de Barcelona. Clara y Zapori están tumbados en sendas camillas, pero Anna, con su brazo en cabestrillo, se niega a quedarse sola. Aparta a un enfermero y se acerca a Zapori.

—¿Cómo estás?

—Estoy muy bien —responde él, asombrándose a sí mismo por su alegre respuesta.

Y es cierto que se siente bien, gracias a la inyección de morfina que le han puesto. De hecho, se siente tan bien que de repente tiene miedo. ¿Y si se trata del delirio que precede al último estertor?

—¿Me estoy muriendo?

Su expresión ansiosa y desvalida hace reír a Anna. También ella alucina un poco bajo los efectos de los analgésicos.

—No creo. Herida limpia en el pecho, parece ser que la bala no ha tocado el pulmón. Algo peor lo del hombro, pero ya sabes que mala hierba nunca muere...

—¿Y Clara?

—Nada grave. Por fortuna, la bala sólo le ha rozado.

—¿Las flores?

—Ya se las han llevado al hospital. También saldrán de esta.

—¿Y el cabrón de Fachelle?

—Muerto. La garganta arrancada. Esa perra, Julieta, es una joya.

Señala con el mentón hacia otra ambulancia.

—Puede que Ferran necesite un bastón para caminar, pero eso le dará un aire...

Qué feliz se siente Zapori. Por una vez, las cosas han ido bien para él. Increíble. Y a esos de asuntos internos les pueden dar por saco. ¡Vortard tendrá incluso que pedirle perdón! Sonríe para sus adentros pensando en la cara del comisario cuando vuelva a Lyon.

—Y yo también estoy bien, chaval, gracias por preguntar —dice Anna con sarcasmo—. Y, ya que insistes, me parece que van a pasar meses antes de que pueda recuperar el uso de la mano, pero lo importante...

Se arrodilla junto a la camilla de Zapori, casi tocándole, y hunde la mirada en sus ojos.

—... es que hemos ganado, Erik. Estoy segura de que el resto de hijos de puta volverán a poner en pie la red de trata y lo que hemos hecho no es más que una gota de agua en el océano del horror, pero, esta noche, hemos ganado, así que admiremos esta magnífica gotita, la más hermosa del mundo en esta noche. Gracias, Erik...

Zapori mira incrédulo la mano de la inspectora, posada en su brazo. Y le ha llamado Erik. Nadie le llama Erik. Ella..., ella... Se siente tan fuerte, tan... humano como no se había sentido desde hacía mucho tiempo.

—Anna... Gracias a ti también... Creo que formamos una buena pareja, ¿verdad? Ya sabes a qué me refiero... Una buena química..., en todo. En todo, Anna —insiste él, agarrándole la mano con el desbordante entusiasmo liberado por la morfina.

Anna le mira y sonríe.

—Ay, Zapori, Zapori, mi querido Zapori... Sigues sin enterarte de nada, ¿verdad?

Suelta su brazo con un ligero tirón y se levanta.

—Bueno, cuídate...

Le sonríe una última vez y se aleja rápidamente.

—Nos vamos —dicen los sanitarios metiendo su camilla en la ambulancia.

Zapori no tiene tiempo de reaccionar. Antes de que cierren las puertas, ve cómo Anna llega hasta la camilla de Clara, la toma de la mano y se inclina para besarla dulcemente en la frente. De pronto, la realidad estalla en su confundido cerebro:

—*Ces putains de salopes sont dérangées!** —grita en francés.

---

* ¡Ese par de zorras son unas degeneradas! *(N. del T.)*.

—¿Qué? —pregunta el médico.

Zapori mira a las dos mujeres, la sonrisa de Clara hacia Anna, una sonrisa que no le había visto antes.

—Nada... —responde Zapori con una voz repentinamente cansina.

Se siente herido en su amor propio. También le duelen el hombro y el pecho. Los dolores se confunden. Ha recibido dos balazos, ha estado a un paso de acabar en la cárcel. Durante un momento, está tentado de apiadarse de su suerte. Solo, de nuevo.

A lo lejos, la ambulancia gira en una esquina. No puede evitar saludar levemente con la mano en dirección a las luces que desaparecen.

No, no tiene de qué quejarse.

Pensándolo bien, en el fondo ha sido un buen día para ser policía.

## Nota editorial

La novela *La desconocida* es fruto de la colaboración entre dos autores de dos países, la española Rosa Montero y el francés Olivier Truc, a partir de una idea del festival Quais du Polar y de la editorial Points. Se trata de un proyecto de escritura colaborativa de una novela policiaca original, en la que los dos protagonistas, uno francés y otra española, se enfrentan a las diferencias culturales entre sus dos países con la idea de contribuir a un mejor entendimiento mutuo. Esta obra, que ha reunido a dos maestros de la novela policiaca en un proyecto conjunto en el que cada cual escribió un capítulo por turno, será publicada simultáneamente en Francia por la editorial Points.

Queremos dar las gracias a Hélène Fischbach y Cécile Dumas, de Quais du Polar, a todos nuestros colaboradores, sin olvidar a los autores y traductores, Myriam Chirousse y Juan Carlos Durán. Nuestro agradecimiento también a Maria Vlachou y a su equipo de derechos internacionales de Editions du Seuil.

\*\*\*

El proyecto de escritura de esta novela partió del festival internacional Quais du Polar, en colaboración con las editoriales Points y Alfaguara. Cuenta con el apoyo del Institut Français / Ville et Métropole de Lyon.

«Para viajar lejos no hay mejor nave que un libro».

EMILY DICKINSON

# Gracias por tu lectura de este libro.

En **penguinlibros.club** encontrarás las mejores
recomendaciones de lectura.

Únete a nuestra comunidad y viaja con nosotros.

**penguinlibros.club**

 penguinlibros